民國素人誌

第二卷

紅柳娃

蔣曉雲 著

目錄

〔自序〕

一個壽桃

特為挑了民國一百年回到出生地常住，可是幾次來去都沒有感受到慶祝的氛圍；終於到了第四季度，百年題目總算在雙十前後得到社會關注和媒體版面，卻是大家追著官方把注了大把銀子的文藝特別節目花多了納稅人的錢卻不夠好看吵吵鬧鬧，最後把個部長級的官員鬧下了台，還把案子送進了法院才平息一場風波。這樣的家鄉說不上好還是不好，只是讓我感覺有點陌生。就像二〇一一年七月初報紙連載拙作《鳳求凰》（已收入《百年好合》〔民國素人誌一〕），我初初以為是因為故事裡提到「盧溝橋事變」，還有拿著大刀的學生兵奮勇抵抗配備機關槍的日本正規軍的壯烈情節，所以報社配合時令在七月七日那個星期刊出，結果事後碰到報社副刊主編談起，才聽說發稿的時間純屬巧合；台灣社會早就不興紀念「七七事變」，除了作者自作多情，誰也沒有連結起此事與此景。

台灣官方對待抗日戰爭的態度在民進黨當政的時候，因為急於撇清和中國的傳承而刻意忽視這段歷史，作者不以為然卻可以理解，國民黨也故意不提抗戰就只能說是「頭殼壞去」。那段艱苦歲月中日本因為貪婪，覬覦積弱鄰國資源，發動殘酷的侵略戰爭，造成多少家庭流離失所，多少英靈枉死沙場，中國最後雖然只是「慘勝」，卻畢竟是國民黨自推翻帝制以來最正面的領導事蹟，哪怕今天退居海島有愧於先烈，可是連提都不再提起曾經正面跟日本長期抗戰，豈不是更對不起當年在青天白日號召下，拋棄身家性命保衛家園的同胞？

日本自明治維新以來，一直是亞洲的先進國家，皇民教育也留下一定的影響，台灣人普遍對日本沒有惡感是一個事實，可是歷史的大是大非不能和個人的小情小愛混為一談。像我在台北出生長大，從小都很喜歡日本電影和漫畫，讀大學和研究所的時候選修過日文，也到日本旅遊過多次，對日本文化和社會素有好感，可是這不能減低我對日本軍閥對華發動侵略戰爭的譴責，也對戰後日本政府受制於右派，扭曲史實，無勇認錯還強辯硬拗的作為感到鄙視。「民國素人誌」裡雖然講的是小人物的家長里短，可是卻逃不過大時代的造化弄人，日本野心家挑起的戰禍在小說中看起來雖然只是著墨不多的「背景」，作者卻在調研的時候為敵人鐵蹄下受苦的先民歎息難已。

「民國素人誌」就在國仇家恨中從第一卷《百年好合》來到第二卷《紅柳娃》。計畫中要創作的三十八位素人雖然早已設定，寫作順序卻完全隨緣，哪個故事來到手邊就寫哪個，唯一的自我設限是謹守女主角生年必須落在民國一年到三十八年的取材條件。

筆隨心轉的結果是，「民國素人誌」第二卷就由〈紅柳娃〉、〈朝聖之路〉、〈人生若只如初見〉、〈獨夢〉、〈落花時節〉、〈蝶戀花〉六章中的七位素人組成。無巧不巧，此中除了《獨夢》裡的貞燕土生土長在浙江溫州一帶，舜蓉是道地上海小姐，離開大陸家鄉前已經完成「終身大事」，人生故事大體成形，其他四個主要人物都是沖齡離鄉，在台灣長大成人的「新台灣人」；她們是《紅柳娃》裡的琪曼，《人生若只如初見》裡的安心，《朝聖之路》裡的安靜，和《落花時節》的榕嘉。最後一位《蝶戀花》裡的寶珠，則是老家在台灣中部的寶島姑娘。故事背景一旦離開大陸，影響素人生活和際遇的時代背景也就從國家的內憂外患轉換成籠罩台灣上空長達三十八年的「戒嚴令」、國民政府遷台以後特別強調的忠君愛國儒家思想、台灣脫離農業社會轉型都市化、經濟由戰後的蕭條漸奔小康，隨之的個人主義抬頭，以及在時代變遷下女性地位和意識逐漸有了反省空間的大環境。

前年我在上海逛書店，看見有關民國書籍的專櫃豎立在研究明、清書籍的專櫃旁邊；一葉知秋，中華民國在它的發祥地已經「被」走入歷史，歸為前朝。等我站在台北街頭，擦肩而過的陌生人卻可能正從那個消逝中的民國走來，可是路上行人熙來攘往，茫然不覺，只冷漠地讓他們從身旁過去。「中華民國在台灣」的國民政府對自身遷台之前歷史的淡然讓民國百年像台北街上直至背影消失也無人回望一眼的老人那樣，靜悄悄地流淌過去，轉眼間無影無蹤。

故園之思豈一水？「重來回首已三生」！台北明明是自己的出生之地，為什麼回來了卻感覺恍若隔世？背棄文學三十年，等到了民國一百年，再不能已於言，我開始訴說民國素人的故事。格子爬得辛苦，一年轉眼將逝，我沒有停下來，「民國素人誌」的每一卷都是我為民國獻上的一個小小壽桃。這是樸素的人用樸素的方式，卑微地紀念著辛亥以來的百年風霜。

二〇一二年十月十日

紅柳娃

美國南方莊園式的大樓梯上優雅地走下一對男女。男的是白人，冷漠的藍眼睛看到像混血兒的寶寶時變得溫柔了一點，停下腳步問怎麼回事？當聽說是拿獎學金的土耳其學生家屬，來打聽一個漢文名字叫「白鵬」的下落時，就恢復了高傲的姿態，皺起眉頭對旁邊的美女說：「安小姐，你處理一下。」顧自揚長而去，跳上了等在大門口的黑頭車。

紅柳娃是智慧有限，長不大的新疆山中精怪或野人。傳說出沒在烏魯木齊一帶的深山中，老少身高都如孩娃，會用紅柳編成花冠戴在頭上排隊跳舞，口中敫敫出聲好像唱歌。到人類的帳篷偷東西吃被捕捉到，會下跪哭泣求饒。

一九六〇年台北建寺的時候，對面沒有後來的森林公園，而是一大片低矮的違章建築。往台大校園那個方向去，還有稻田和阡陌。台大農學院的實習農場也在那一帶。從寺內二樓女祈禱室的樓梯間窗子看出去，台北這一片除了台灣大學的紅磚樓房，入眼盡是田野風光。

韓家的人到台灣後和教門一直沒有聯繫，很久了也不知道台北有了這麼個可以禮敬眞主的神聖地方。幾年後才經來清眞小館吃麵的教親熟客一再介紹邀約，全家開始去做禮拜，參加活動，認識了更多的教門。

韓家最虔誠的教徒當然是外號「花大姊」的韓太太翟古麗，她雖然不識漢字或回文，可是家裡祖祖輩輩傳下來的信仰，她是從來沒有過一丁點懷疑的。唯一的麻煩是她離開家的時候才二十一歲，記得的傳統除了食物上的禁忌，其他都不甚了了。古麗的先生韓國清是漢人，娶妻隨妻信的教，老婆就是他的宗教導師，所知更有限；到了寺裡，人家做什麼，他做什麼，雖然認得漢字，卻對教義、教規的眞正精神所在一竅不通。兩個人的獨生女兒韓琪曼生在這樣的家庭，也是除了豬肉因爲沒吃過，覺得骯髒，堅決不碰，連自己是「穆斯林」這個尊貴的身分在同學之間都不會主動提起，更何況瞭解或遵守伊斯蘭教律了。

古麗年輕的時候在沒有長老和家人的祝福下自作主張跟了個漢人，一直覺得自己有罪，原先並不敢去寺裡禮拜。後來因爲她挪用了朋友寄在她這兒的一筆款子開店，人家要的時候她拿不出來，造成朋友之間的誤會，之後雖然錢還上了，友誼卻不保存。講義氣的古麗爲了這件事，吃不好睡不好，才下定決心去寺裡祈求眞主給她心靈的平安。沒想到台北教門包括阿訇在內，對所有來歸的教徒都熱烈歡迎也不追究底細，非常親切。這下就讓古麗有找到了家的感覺，心也安樂起來。從此虔誠禮拜，遵守齋戒，重拾她背離了二十多年的宗教信仰。而且古麗心思單純，經過了人生的悲歡離合，人到中年不但未達不惑，還更覺得世事難明，就比年輕的時候更加尊敬聖人，崇拜眞主。她想自己的錯誤絕對不能在女兒身上重演，琪曼將來一定要嫁一個眞正的穆斯林。

琪曼是公認的大美人，明眸皓齒，修眉入鬢，曾經有個偷偷愛慕她的台灣男人非說她像奧黛麗赫本。可琪曼卻不是赫本那種骨感美女；她前突後翹，身材好得衣服穿緊點就會讓異性看了怦怦心跳。琪曼二十二歲了，高職畢業以後就賦閒在家。家裡麵館生意好，她卻嫌店小二的工作破壞形象，等閒不上店裡去。她理想的工作是當電影明星，還在高三那年去報考過演員訓練班。可惜那時候台灣的電影走「健康寫實」路線，把身材傲人的琪曼歸入豔星候選人一流。她去報考的那年高分錄取的是身材平坦如飛機場、長相像鄰家女孩的唐寶雲。所以琪曼就一心想去香港的演藝界闖天下，整天留意有沒有哪裡招考演員，只要有點風聲，就滿懷希望地把自己好好打扮了送過去碰運氣，結果卻都是竹籃打水一場空，無意之間倒成了有點知名度的台北社交場合的伴遊女郎，現在的新詞叫「飯局妹」。

古麗整天在店裡忙，先生國清做私家車司機，因爲工作關係一週只回家一天，琪曼既不上學也不上班，白天晚上去了哪裡，父母也不知道。只知道沒有工作的女兒應酬還挺多，每次都還有叫得出頭銜的人物，什麼導演、製片、華僑大老闆、投資商的，邀了出去吃飯。雖然琪曼還要父母貼錢買化妝品和行頭，卻也間歇有人送衣服鞋襪，約出去拍照、試鏡。反正琪曼過的是沒有進帳卻忙碌的日子。古麗覺得女兒像免費交際花一樣，老跟幫男人出去吃飯很不高興。可是如果質問，母女就吵架，眞教做媽的煩心。所以當白鵬在教會舉辦的青年活動中認識琪曼，還又追到店裡來的時候，古麗馬上成了越看女婿越有趣的準丈母娘；她在第一眼就眞心接納了女兒的這個穆斯林男友。

白鵬是艾海提・巴克的漢文名字。他有著漆黑捲翹的頭髮，唇上留著一樣捲翹的小鬍子，眉睫濃密顯得深邃的眼窩迷迷濛濛。跟人說話的時候，略略低著頭，琥珀色的眼珠透過長長捲捲的睫毛向上看，讓人有點捉摸不定他的心思。他的面容瘦削，笑起來兩邊面頰彷彿有長形的酒窩，不笑的時候卻成了電影裡殺手一般冷峻的線條，好像隨時可以抽出一把深藏在腰間的彎刀向來人砍下。

可是他來到花大姊小店的時候都笑得很溫暖。他跟著琪曼叫古麗「媽媽」；這兩個漢文字對他的意義有限，也不過就是個稱呼，聽在古麗的耳朵裡卻感覺是自己生命中缺少了的那個兒子歸來，立刻就回報給白鵬無私的母愛。甚至有一兩次，當琪曼對男朋友亂發小姐脾氣，或者因爲無謂應酬跟媽媽嘔氣，古麗覺得琪曼的行爲不是一個好的穆斯林，還竟然會錯覺這個叫自己「媽媽」的維族青年才是她的小孩。

白鵬到底是個多虔誠的教徒很難說，反正在台灣他的維吾爾人樣貌讓人不會懷疑他不是個好穆斯林。然而他的身世就像他從濃密睫毛下面望出來的眼神一樣飄忽神祕。二十七、八歲的他持土耳其護照，以新疆人的身分在台灣政治大學邊政系掛名做學生，卻又每個月去美國新聞處領取獎學金當生活費。在那個沒有手機，甚至連電話都不普及的年代，做爲女友的琪曼是找不到他人的。他總是說來就來了，說走又走了。有時琪曼到他住的地方去找他，卻常常撲個空，兩人就會吵架。

白鵬跟另外兩個和他背景相仿的朋友住一起，那兩個超齡老學生一個倒是正正經經地在讀台大，另一個叫伊利亞的卻周遊列校，轉來轉去，沒一個學校混得下去。這會正在休學期間，每天在家或出去閒蕩不一定。聽說他也想像白鵬一樣，搞點美新處的固定資助，卻因爲些什麼原因一直沒辦成。伊利亞就靠著張外國臉孔到處騙點吃喝，拿著那本外國護照到香港、東南亞一帶買些東西帶回台灣跑單幫。那天伊利亞開了門看見是琪曼來找男朋友，就說：「白鵬不在，不知道去哪裡，你要進來等嗎？」

琪曼進去這個單身宿舍一樣的民宅，看見一地堆了紙箱裝的東西，就搭訕問道：

「你要回去嗎？」

伊利亞過來摸摸琪曼的頭髮說：「妹妹，我們都要回去。台灣小小的，家鄉很大很大，被漢人偷走了。」琪曼看見他一臉于思，還沒過中午就像喝了酒的樣子，心裡害怕起來，就說她不等白鵬，告辭走了。她後來告訴白鵬，伊利亞好像要對她動手動腳，白鵬就笑：「他就是這樣，他中文講不好。你頭髮讓他摸一下又不會少幾根！」

這樣奇怪的一個女婿候選人也只有古麗看得上，還寶之愛之地為了人家叫了聲媽媽，就有時候把獨生女都排到他後面去。白鵬常常帶了他的兩個朋友在店快打烊時到小麵館吃飯，從不付帳。三個人在那兒嘀嘀咕咕說的也不知是維語，還是土耳其話。幫廚下班了，古麗在旁邊親自替不速之客擀麵切麵，聽見三人聊天那個腔調，雖然一句不懂，卻覺得親切無比，想到自己的維族外婆。

古麗滿滿地煮上三大碗麵，澆上厚厚的澆頭，再端出兩籠牛肉蒸餃，說：「一定要吃飽啊。」

三個男人都謝謝「媽媽」。

「媽媽煮的最好吃。」漢文較差的伊利亞怪腔怪調地說，「你還有女兒給我好嗎？」

大家都笑了。小店裡既熱鬧又快樂。完全彌補了古麗沒有兒子的遺憾。

等到一年後琪曼來告訴媽媽她懷孕了的時候，古麗雖然很驚訝，卻不是那麼生氣，只覺得是自己做父母的疏忽，女兒虛歲都二十四了，早就該替他們做主結婚了。古麗想，好的穆斯林應該在婚前守貞，可是她又想到自己年輕時候和琪曼她爸的為愛癡狂，就不忍苛責。反而是韓國清覺得女兒受了欺負，始終憤憤然，想把占了女兒便宜的臭小子揍一頓才解氣。

即便這樣，韓家還是興頭地籌備起婚禮來。古麗問白鵬的父母會不會來參加？白鵬卻說：「媽媽，我的父母都在老家沒有出來。你們就是我的父母。」古麗很確定以前聽琪曼說過，白鵬的父母都在土耳其東部的一個城裡而且可能會搬到美國去，怎麼現在又說留在新疆沒有出來呢？再問白鵬，他還是那個留在老家沒有出來的答案，古麗就想是自己記錯了。而且白鵬告訴她，生的孩子既然要報本地戶口，就讓姓韓，這讓原先一肚子氣的老丈人也高興了起來。

白鵬沒有家人，沒有錢。可是講義氣的古麗不看這些。她出錢在隔壁租了房，置辦了簡單傢俱，做小倆口的新房。婚禮就在自家小麵館，來賀的都是教門，長老也來了，雖然簡單，古麗覺得這是一個受到祝福的穆斯林婚禮。

這當然不是琪曼心中的夢幻婚禮，可是她與白鵬相愛著，甚至對肚子裡不在她這時人生計畫中的胎兒，她也愛屋及烏，充滿了期待。事實是，韓氏全家都對這個會延續他們姓氏的寶寶充滿了期待。待產的琪曼像皇后一樣地被父母照顧著，只是她的新婚夫婿，即將升任人父的白鵬卻依然我行我素地天天神出鬼沒。琪曼理想中的夫婿是時時刻刻都圍繞著她，如果她看一眼杯子，他就知道她想喝冷水還是熱水的那種男人。絕對不是像現在這樣，把大著肚子，哪也不能去玩的老婆一個人丟在家裡，自己跑得無影無蹤。小倆口連蜜月都沒過完，就大吵起來。

住在隔壁的岳母來勸架。白鵬說：「媽媽，琪曼不讓我去上學。我一定要大學畢業，才能賺錢養她。」

岳父母對大學很尊敬，覺得是自己女兒不懂事，就數落女兒。

琪曼說：「你聽他說謊。他去木柵上課，怎麼口袋裡有去基隆的火車票？」

白鵬說：「媽媽，那不是我的，是伊利亞的。我借來看看。他去基隆進貨，他賣舶來品。我也想賣，我要賺錢養琪曼和小孩。」

琪曼罵道：「放屁！誰會借人家的車票來看？你撒謊也撒得像一點。」

古麗卻說：「白鵬要做爹了，想著賺點錢買奶粉也是應當的。」

「奶粉很貴的，」白鵬趕緊搭上這個話茬，對琪曼延著臉說：「我不要你餵奶。你美麗的胸脯會扁扁的。」他做著有點猥褻而可笑的手勢，母女倆就都笑了。

國清打住家工，很少在家。古麗店裡忙又不認識字。琪曼原來沒懷孕的時候就懶，懷上了就理所當然地更加只吃吃睡睡，拿著歌本唱唱歌，連結婚和生了小孩報戶口這些事都交給白鵬去辦。等倆生的小女孩都三歲了，白鵬才把讀了七年的大學讀畢業。他帶著孩子和老婆穿著學士服照了一張全家福。然後說他在伊斯坦堡已經找好了工作：「媽媽，我先回去，那邊弄好了住的地方，再來接你們去。」

古麗不想到人生地不熟的外國去，可是也捨不得女兒和外孫女，女婿就說等去了，還要帶「媽媽」去麥加朝聖。那是古麗想都不敢想的天大福緣，古麗原先堅決不同意小倆口去土耳其的思想就軟化了。和丈夫、女兒都再三地討論，不知道該不該去？這些年都靠她一個小店養一大家子，國清那點工資就夠他自己喝酒，古麗想，也許就跟去享享女兒的福？

古麗都還沒決定要不要出國呢，白鵬已經摒擋一切要成行了。臨走他緊緊抱著琪曼和女兒，琥珀色的眼珠一閉，眼淚從濃密的睫毛滾落，大家都很感動。他跟琪曼說：「我走了，你要耐心。不要去找伊利亞，他不好。」然後偷偷交給古麗一個鼓鼓的密封信袋，說：「媽媽，謝謝你。這個上面是我的地址，你收好，裡面的東西著急的時候才拿出來。」

等白鵬走了，古麗當著丈夫和女兒的面打開信封，裡面是三千美金現鈔。三人沒看過那麼多錢，興奮不已。可是除了錢和信封，漢文不佳的白鵬沒有寫下隻字片語，韓家猜這是留給古麗、琪曼和孩子的路費，就靜等白鵬在土耳其安頓好了來接她們。

個把月後的一天老韓回來告訴她們一個壞消息，他從他的東家那裡聽說中華民國跟好多外國斷交了，裡面就有土耳其。這一家不看報紙的人對兩國斷交的影響一無所知。連老韓東家問他女婿什麼時候撤僑？琪曼跟孩子算哪國籍？統統搞不清楚。老韓請了假去區公所查問，赫然發現琪曼的戶籍上還是單身，不但配偶欄空著，孩子根本連戶口都沒報過。養了幾年，小名韓寶寶的孫女竟然是個戶籍謄本上沒有名字的私生娃娃。

韓家全家陷入愁雲慘霧，古麗給大夥和自己打氣：「再怎麼樣，日子還不是要過下去？」

韓國清帶女兒去土耳其大使館打聽，那裡大門都鎖上了，邊門走進去也亂糟糟地沒人管他們。可是就算找到人問，他們連白鵬的土文名也寫不周全，在伊斯坦堡的單位更不清楚，手上只有一個白鵬留下的所謂土耳其地址，請人看了卻說只是個郵箱號碼。

老韓和古麗商量，不到萬不得已不能去找教門替他們出頭，萬一白鵬眞是存心欺騙，那琪曼的名聲不就完了。可是婚禮是公開的，琪曼和白鵬生了孩子的事很多教友也都是知道的。現在男人跑了，帶著個孩子的女兒才二十多歲，下半輩子要怎麼辦？

琪曼不死心，自己抱著孩子又去了土耳其大使館。這次她在離大使館還有一條街的地方看見了一個熟悉的身影。

「伊利亞，伊利亞！」她像看見親人一樣地喊著跑過去，拉著伊利亞的手臂，急切地問：「你有白鵬的消息嗎？我寫信去他留下的土耳其信箱他都沒有回，是斷交了就收不到信了嗎？」

伊利亞灰色的眼珠有點呆滯，甚至冷漠地看著她。半晌回握住琪曼的手說：「他沒回嗎？那有可能收不到信了。我回去替你找他。」

琪曼說：「我和寶寶算不算土耳其人呢？你能作證我們是白鵬的家裡人，跟大使館的人說，讓我和你一起回去找他？」

伊利亞和長得像個洋娃娃一樣的小女孩對望一眼，目光柔和了一些，說：「你是漢人，可是她像我們的人。」他歪著頭想了想，道：「你可以跟我去家裡，我找人想辦法。」他把小孩抱過來，牽起琪曼的手就走。

琪曼隱隱覺得有些不妥。好像記起白鵬的什麼交代，可是目前沒有比打聽得到白鵬下落或能去土耳其找他更重要的希望了，琪曼就按捺下心底那飄飄忽忽、模模糊糊的不安，隨著伊利亞曲曲折折地走到不遠處巷弄中的一間小公寓房子。

伊利亞一進屋就開始用家鄉話打電話，打完一個，就對琪曼做些擠眉弄眼的表情和手臂飛舞亂搖的手勢。琪曼不知得來的消息是喜是憂，就把寶寶像個盾牌一樣地抱在懷裡，母女各自尋到了安全感，累了的小女孩就伏在母親的肩頭睡著了。

伊利亞放下電話走過來，他撫摸著琪曼的頭髮，說：「沒有人知道白鵬在哪裡。你知道他眞的回家了嗎？有人說，美國人接他去了美國。」

琪曼被伊利亞的消息嚇到了，大眼睛裡汪上了水。她緊緊地抱著女兒，可憐兮兮地看著自己丈夫的族人。

伊利亞的大手移到小女孩的頭頸上，臉卻貼近琪曼的臉，一面用琪曼聽不懂的話說了一個簡短的句子。琪曼不知道他說的是「叛徒的女人」，可是卻聽得出他聲音裡的惡意。

琪曼聞到伊利亞身上那種她熟悉的，白鵬那族男人的氣味。她顫慄起來，哭著聲音道：「求求你不要傷害我女兒。」

伊利亞沒有，他只是輕輕地把熟睡的小女孩抱起放在旁邊地上的軟墊上，然後粗暴地侮辱了琪曼，像一個東突勇士對付叛徒家屬或漢人俘虜那樣地沒有留情。

孩子醒了。伊利亞告訴琪曼可以走了。琪曼哭著說：「你會幫我找白鵬嗎？」

伊利亞爲她的天眞笑起來，輕佻地說：「你去美新處問吧，他們給他錢，他是美國人的狗。」

琪曼不敢再多逗留，帶著寶寶和她用身體換來的情報就去了植物園旁邊的美國新聞處。

母女在傳達那裡就被攔下了。除了丈夫每個月都來這裡拿「獎學金」，琪曼沒有其他的資料可以提供。她不甘心就此離去，在門口哭了起來。

美國南方莊園式的大樓梯上優雅地走下一對男女。男的是白人，冷漠的藍眼睛看到像混血兒的寶寶時變得溫柔了一點，停下腳步問怎麼回事？當聽說是拿獎學金的土耳其學生家屬，來打聽一個漢文名字叫「白鵬」的下落時，就恢復了高傲的姿態，皺起眉頭對旁邊的美女說：「安小姐，你處理一下。」顧自揚長而去，跳上了等在大門口的黑頭車。

安小姐看來也就是琪曼的年紀，卻穿著當時年輕女人早就放棄了的合身旗袍，她披著一頭長而捲曲的頭髮，臉上又紅紅白白地化了妝。她那打扮有點像中山北路做美軍生意的上班小姐，偏偏舉手投足卻又顯露出相當良好的氣質和教養。

她牽起寶寶的手，微笑著說：「妹妹好可愛，像個洋娃娃。喝汽水好不好？」她把母女帶進了大門旁邊的一間小會客室，開了兩瓶可樂給她們。她問琪曼怎麼回事。琪曼不知道安小姐只是這裡的一個特約聘雇人員，還不在正式編制之內，平時做的不過接接電話之類，以爲遇見了青天大人，就一五一十地把自己的情形說了。

雖然穿著旗袍，看起來態度雍容，安小姐專科畢業才兩三年，實際年齡比琪曼還小，她表現出同情的樣子，還像個閨友那樣替她出起主意來：「聽起來只有他那個朋友知道他在哪裡。」她指的是伊利亞，「你丈夫如果畢了業就沒有獎學金了。就跟我們這裡沒有關係了。」什麼也不知道的她，只是奉命「處理」來鬧場的本地人，能把人從美新處送走就是完成使命。辜負了琪曼的信任，臨走她還信口開河地一再叮嚀：「去找你丈夫那個朋友，他一定有辦法！」

琪曼竟然接受只是看起來像有權威的陌生人建議，第二天又獨自去找伊利亞「想辦法」。伊利亞沒有放過送上門的肥肉。完事後，他忽然笑著說：「有美金嗎？有的話可以幫你買護照，一千美金一本。」

「不行！」古麗嚴詞拒絕了女兒從伊利亞那裡帶回來的路子。她和老韓商量過了，拿白鵬留下的美金頂個像樣的店面。讓琪曼上店裡做做收賬帶位的事情，好好地把快要上幼稚園的韓寶寶帶大比什麼都實在。

古麗說：「誰知道他是真的還是假的？三個男孩子裡面，伊利亞最不老實！現在就指望著這幾個錢養寶寶。怎麼樣也不能拿去打水漂！」她說著想起拋妻棄女的女婿，口中罵著伊利亞不老實，卻連自己都不相信還能有比白鵬更缺德的人？

琪曼尖叫道：「那是我的錢，你們不要打主意！小孩他不養，我為什麼要替他養？我要帶小孩去土耳其還給他，他自己去養！」

古麗聽了女兒這番狗屁不通的說法，忍不住怒道：「好歹寶寶姓韓！你弄個護照就能去找到他，把隨我們老韓家姓韓的孫女給他？你肯，我和你老頭也不肯！都是狼心狗肺的東西！吃了老娘多少牛肉麵也沒給過錢！」

母女各說各話，完全沒有交集，更沒有邏輯。與其說她們想要以高音量或氣勢折服對方，不如說她們更想發洩被所愛之人背叛的情緒；她們各自把嗓門喊到最高，歇斯底里地吼叫著。通常這種吵架如果在平輩之間就可能要打一架來定輸贏，如果像她們這樣都還節制著不動手，就會是氣長的得勝。

這場吵架的結果是琪曼揣著兩千美金鉅款再入虎穴。伊利亞收了錢，說：「妹妹，錢也要，你也要！」就不顧琪曼的拒絕，又強迫了她。

伊利亞像情侶一樣攬著琪曼送到門口，還深深地吻了她。跟她說：「妹妹，三天你來拿護照。」

琪曼連辦護照起碼要塡張申請表和收兩張相片的普通常識都沒有，只盲目地以女人的直覺相信著伊利亞是愛上了她才會一連跟她睡了幾次；雖然身上幾處留下的青紫都還在痛，琪曼卻充滿希望，幾乎是心情愉快地回家去了。

晚上古麗店打烊回家，聽說女兒送出去兩千美金卻連收條也沒拿一張，氣得全身發抖，母女大吵起來。琪曼眼看不拿出證據，沒法說服古麗爲什麼自己那麼篤定伊利亞會出死力替她辦事，就終於說出：「用不到收據，人家他喜歡我！」

古麗敏感地把雙眼睜圓道：「你這不要臉的跟那個伊不利思睡了！」說著就欺身向前推打女兒，「你說，是不是？你男人才把你丟了多久？你就這麼忍不住！」琪曼一面回嘴分辯，一面用雙手抵擋母親不留情的巴掌，樓上睡著的寶寶被吵醒，哭叫起來。

被一路推出了門外的琪曼看見幾個還沒睡的鄰居跑出來看熱鬧，又羞又氣，就排開衆人，向樓下跑去。夜已經深了，除了口袋裡幾個零錢，她什麼也沒帶。能去哪裡？沒有多想，也沒聽說過什麼「斯德哥爾摩症候」，她叫了個計程車去了伊利亞的小公寓。

伊利亞只聳了聳肩就接納了深夜自己來報到的女人。三天後伊利亞沒有拿出兩本外國護照交給琪曼，可是對琪曼回去取了衣物並且抱了女兒搬進他家的行動也沒有拒絕。兩個人就這樣簡單而糊塗地開始了同居生活。

老韓夫婦對女兒的行徑既失望又傷心，可是古麗打起精神跟老韓說：「女兒不爭氣，咱們日子還是要過下去不是?!」

古麗願意讓琪曼把寶寶帶過去，是暗暗希望她和伊利亞能長久，雖然她不喜歡這個男人，卻不知爲什麼覺得即使她看不上伊利亞，還是想女兒有個男人，孫女有個爸爸。古麗知道女兒的脾氣，心想琪曼遲早會回頭來找她要剩下的美金，不如趁手上有錢周轉，又沒有孫女絆腳，趕緊先把店裡的事辦了，如果將來琪曼這個不讓省心的孩子又有事，店是能養活一家人的活水源頭。古麗也是一個想到就去做的脾氣，就拋開煩惱，認認眞眞地開始找人看店面，著手搬遷，擴充營業。

琪曼走了三個月，爹娘早都堅持不住，偷偷地去找過好幾次了，可是只大概知道個方向，沒有確切地址，去了也沒找到伊利亞的住處。這天老韓放假回來，古麗一把眼淚一把鼻涕地又哭女兒心狠，明明住得沒多遠，幾個月了連小孫女也不帶回來見見。

老韓歎口氣說：「反正她跟白鵬也沒有登記，寶寶領回來我們帶，她就嫁給伊利亞吧，這次好歹正式登個記。」

他們這裡居處窄小，除非天冷或者沒人在家，大門一般都是敞開的。老韓夫婦兩人正在屋裡歎氣、說話，門口跟個鬼一樣地走進來披頭散髮牽著小女孩的琪曼。老韓喜出望外，還沒開口就原諒了女兒所有的作爲，正要笑臉相迎，門口的琪曼卻痛哭起來，含糊的話語只大約聽清楚幾個字：「……伊利亞打我……他不要孩子……他打我……」

琪曼口中還在呢喃，卻忽然把拉著女兒的手一鬆，彷彿雙腿發軟，人就緩緩倒在了地上，鮮血從她的裙襬沿著大腿內側流到了腳踝。明顯長高了的寶寶在旁淒厲地哭叫「媽媽」。古麗上前扶持痛哭，老韓趕忙到外面叫人幫忙救命。

伊利亞在琪曼肚皮上狠踢的幾腳不但踢掉了他不想要的胎兒，也踢得琪曼大出血，緊急動手術拿掉了子宮。韓家原先不願善了，可是等到不想承接涉外案件的管區員警踢完究竟這算家庭糾紛還是蓄意傷害的皮球，再轉到外事部門，持非邦交國護照還逾期居留的伊利亞也已經跑得不知去向。老韓夫婦只好忍恨盡心照顧女兒和孫女，在新址重新開張的清眞小店果然成了一家人最後的依靠。

老韓辭了他的住家司機工作，在自家店裡幫忙，也方便照看孫女。一家人搬離原先租住的中華商場，就在清眞麵館上面的閣樓起居，晚上中間拉起一張布簾，老少三個女眷佔了裡間，老韓寂寞地睡在簾子外面。

琪曼調養好了身體，雖然一百個不情願，可是找不到其他工作，也只能將就地在店裡有一搭沒一搭地帶位兼收銀。這樣平靜無聊的日子一天天地過去，老韓夫婦開始擔心寶寶報戶口和上小學的事，琪曼卻不怎麼操心，每天攬鏡自照，覺得自己還是一向的花容月貌。可是隨著寶寶的長大，不但越來越少客人跟她說玩笑話，而且再沒有男人送衣服鞋襪，找她出去吃飯、試鏡了。

「花姨！你們搬到這裡多久了？離我辦公室這麼近都不知道，一次沒來過！要不是今天同事說要介紹一家好吃的牛肉麵——」店在新址兩年再度打響名號以後，十二年前的熟客許志賢忽然跟著一堆人來到店裡，驚喜交集地跟韓家人打招呼：「咦！琪曼？琪曼！你是琪曼！——長大了，長大了！頭髮長了認不出來了。上次見你才高二還是高三嘛？」志賢像個大哥哥一樣地親切，好像完全忘記了自己說過琪曼像心中的女神奧黛麗赫本；當時二十幾歲的他還曾經找過各種機會接近琪曼，引起在韓家寄居，對他先有意的古麗好友女兒不愉快的往事。

志賢這十來年變化很大；在花姨小店做無薪幫工換吃白食兼泡妞的時候，他剛從家鄉高職畢業當完兵，考進台北的公營事業單位做雇員也才兩、三年。和韓家失聯的這十二年來，他不但夜間部大學畢了業，還曾經奉派到美國短期進修，又利用幾次出去的機會半讀半買了一個洋碩士頭銜；民國二十八年出生的他，剛巧趕上蔣經國主導的「催台青」政策，拿公費跑了不少地方，見了很多世面。他原生家庭的家境雖然一般，可是許家在南部卻算是一個大家族，他的岳家更是台南市殷實的富戶，看中他上進有前途，不但把讀過家事專科學校的女兒嫁給他，還厚厚地陪嫁，讓小倆口贏在起跑線上。

外省人官員在兩蔣時代，除了過得了硬的「夫人派」，多數並不敢投資房地產或實業；否則一旦報告打到小蔣那裡，被貼上愛財的標籤，或者扣了不思反攻的帽子，就等著丟烏紗帽或坐冷板凳，仕途可以戛然而止。反而本省人官員沒有祖產可依的也有人頭可靠，像志賢這樣家有賢妻懂得利用岳家的財力和婆家的人脈，配合夫婿那裡聽到的產業開發消息，很快自家就成了社會新貴階級；昔日那個純樸的南部青年，也脫胎換骨，和琪曼重逢時已經是一個頗有身家和地位的台北官場明日之星。

可憐昔日少艾琪曼所遇非人，不滿三十歲卻已歷經滄桑；即便琪曼素來自戀，又從來不是一個聰明自覺、思想複雜的女人，可是一和媽媽古麗吵架，就要被提醒一次曾經行差走錯，現在已是殘花敗柳。母女二十四小時一起生活和工作在鬱悶狹小的店兼家中，幾乎日日都有齟齬；琪曼和父母的關係變得非常差，她天天都盼望有人能愛上她，帶她離開這個家。

她覺得志賢就是那個來救她脫離麵店苦海的人。可是她不知道怎麼愛回去，她是只懂得愛自己的琪曼，唯一愛過的白鵬狠狠地負了她以後，她就變得更自私，連對父母和女兒都不願付出。幸好她還懂女人有青春和身體可以交換，她想也沒想志賢現有的家庭，一點沒有思想掙扎地就跟了這個願意豢養她的男人。而志賢，卻永遠記得的是他相逢未娶時，卻因爲家庭責任回鄉相親就夭折了的，他這一生從沒開始也沒得到過的愛情。他用一間登記在他母親名下的郊區公寓安置了琪曼，達成情人脫離閣樓蝸居的願望。

兩人在一起的時候，他會跟琪曼說一個他在美國進修時學到的英文片語：「Love at first sight! 我們是一見鍾情。」他看穿她的滄桑和憔悴，眼睛自動捕捉到每一個琪曼看來還像十八歲他初次看見，她穿了件紅色高領緊身毛衣，像團火一樣從巷口向他走來的定格剪影。

琪曼爲他剪回學生時代的男童髮式。志賢親吻著琪曼裸露的肩膀，摸著她短短的頭髮，在她耳邊低語：「你剪短了頭髮眞像奧黛麗赫本。你記不記得你穿過一件『春天女神』裝拍雜誌封面照？」

「香港電影公司替我拍的那一組更美，你沒看過，我最喜歡了，可惜他們不給參加招考的人。」琪曼把一條大腿跨到志賢的身上去挑逗他，「我不願意脫光拍照，就沒被錄取，後來你看那些去了香港紅了的都拍了裸照。我都是我媽害的，這也不行，那也不行！」

即使不是靈和肉的結合，如果男女之間相互吸引，肉體也儘夠維持一段長遠的關係了。

時間拖得夠長，滄海都能變爲桑田，何況是家裡沒有第二個孩子可以溺愛的老韓夫婦。跟獨生女嘔氣冷戰不到半年，古麗和國清就接受了琪曼成爲志賢外室的現實，再度原諒了女兒所做的一切。琪曼向來懶理家務，遑論主持中饋，伺候良人。不久就對父母的心軟得寸進尺，以捨不得寶寶不在身邊爲理由，把老小都接來同住。老韓夫婦只好城中店裡和郊區公寓兩邊奔波操持。

西元七〇年代去古未遠，台灣的風俗是清朝的閩南底子加上五十年日本殖民文化的薰陶，有辦法的男人三妻四妾不算稀奇。政治圈風氣更差，外省官員還遮掩一二，本省官員習慣不帶妻子出席社交活動，閒話之間竟會讓人覺得沒有外室不算成功的男人。志賢聽慣、看慣了身邊長輩和同儕的作爲，對自己還不到四十歲就能把少時的夢中情人金屋藏之，眞有說不出的得意。愛屋及烏，他對長得像混血洋娃娃一樣的韓寶寶幾乎也視如己出，反正志賢原配生了三個兒子，自己家裡沒有女兒，他就一直喊寶寶「女兒」。

「女兒」長大了。這個沒有一紙婚書的「家庭」能維持下來，甜美乖巧，學習優異的「女兒」要居首功。琪曼雖然年輕的時候是天生尤物，可是隨著年齡增長，過了四十歲以後，跟媽媽古麗有胡人氣概的臉孔越長越像。不但頭髮漸漸枯黃稀疏，昔日明亮迷人的歐風大眼，也眼窩更加深陷，原來挺直的鼻樑又有點出鉤，薄而小的嘴唇更是提前乾癟了，不知是不是因爲邊疆民族的血統影響，琪曼整體看來竟比同齡的純漢人顯得蒼老。幸好她因爲挑食，又喜歡買零食吃，不好好吃三餐，把腸胃搞壞了，雖然這也弄得原來白皙的膚色變得混濁，卻幸而沒像古麗一樣中年發福。

志賢的官職高升，把家都搬到和老闆住的名宅大廈比鄰去了，這個不大像樣的

「金屋」也越稀罕來到，可是一旦「回家」，女兒寶寶的種種才藝和學業上的成就就是家庭閒話的焦點，一家子談談笑笑，看起來也很溫馨。關門熄燈以後，琪曼主動的態度和玲瓏的身材也還是能激起早已在元配那裡高掛了免戰牌的男人的熱情。

然而男女之間的種種終有讓人生厭的時候，尤其是當激情退去，彼此的期望開始產生落差，對話總說不到點子上，在一起只是相互的習慣和責任，沒有法律和道德的約束，卻還斷不了；明明是香豔浪漫的小調，被時間磨成了荒腔走板卻天長地久的哀歌。

志賢其實對琪曼一家人不差，他比照「前輩」們的做法，在給琪曼固定的月費之外，把韓家住的房子也轉到了琪曼名下。他和琪曼之間沒有子女，能把一個「歐巴桑」情人安頓到這個地步，志賢覺得自己是講感情、有良心的男人。

其實琪曼並不是一個容易安撫的情婦，她喜歡跟志賢出去，哪怕是到附近街上走走，攤子上吃點東西，也好過在家裡待著。原先還沒有路人認識志賢，而且志賢覺得手腕上勾著一個大美人出門，滿馬路都是羨慕他眼光的時候，志賢也常常如她所願。可是等志賢官越做越大，琪曼的豔光也越來越黯淡，他就不帶她上街了。

志賢坐了幾年產業單位局長的位子，就以「台籍菁英」的背景被黨部輔導回鄉去參加民意代表的增補選。他和家族評估過收益以後，志賢接受了參選安排，而且順利當選。離開了公務員的身分對志賢而言眞是大解放，民意代表能夠運用的資源讓他大開眼界，只要設立一個什麼法人讓老婆或小孩去主持，他就可以擺脫可能吃上的貪污罪，他的家族就可以名正言順的撈得風生水起。其他細節儘管放手讓「知禮數」的廠商去處理，他這邊就由「夫人」去銀行點點數就行。比在自命廉潔的小蔣底下當公務員風險小，利益卻大得多，更別提其他各種「好康」。

西元八〇年代台灣交際場合流行起了酒店文化，和傳統酒家女相較，「酒店美眉」更對志賢這種「新派」政客的胃口，少壯民意代表和商人利益交換的場合就從酒家移樽前往。志賢就在酒店裡又結識了幾位相好，都由相熟的商人朋友替他買單。這樣一來，分給琪曼的時間就更少了。志賢太太是典型受了日本殖民文化影響的傳統台灣閩南女性，除了家庭經濟和子女，其他丈夫的作爲一律不去深究；做丈夫的也知道自己的花花草草都在大門之外，只要他進了門，換上太太擺好的拖鞋，他就進了她的地盤，唯她是從。

志賢也把家這個城堡維繫得很好，小孩和老婆都對他這個一家之主很尊敬，漸漸他連在家也擺著道貌岸然的官架子，對妻小也打起官腔，老婆看他在外面步步高升，就覺得一切理所當然，對身爲「要員」的丈夫工作忙累非常體諒，從沒有抱怨，一回家就替他進補，爲他的健康把關。志賢起先沒太在意冷落琪曼，接到琪曼要寶寶打電話催一兩個月不見人的「爸爸回家」也用忙累做藉口。可是琪曼不但不懂台灣官太太怎麼做，她連如夫人怎麼做也不明白；她知道自己是「小」，可是她的心裡卻自有一套先來後到的標準；志賢太太的道她讓，比如逢年過節志賢都得留在「那邊」；連媽媽古麗跟女兒鬥氣的時候都要說一句「人家那邊有兒子！」的風涼話。可是等琪曼懷疑「丈夫」在自己之後又有了新人，這個氣她可不忍。她反正長日無聊，又不識大體，唯恐天下不亂，就跟蹤、監聽的什麼都來，還親自去酒店鬧場。弄得豬朋狗友都知道「許委員」有一位厲害的「老二」。琪曼竟然就這樣闖出名號，成了半公開的「二夫人」。

韓寶寶大學最後一年的時候，蔣經國死了。台灣沒亂，國民黨裡亂成一團。接班的李登輝剛上台還不得不重用外省人，可是講浙江國語的人總讓人不放心，老李要和講閩南家鄉話的抱成團，他一面用官位讓幾個外省「官迷」內鬥，一面在閩南人中間培植羽翼。志賢的機會來了，他做過事務官，有豐富的文官經歷，又受過「選戰洗禮」，有群衆基礎。他這邊才被報紙說有可能被延攬入閣，那邊在野黨就開記者會揭發他的婚外情，二十二歲的韓寶寶也被說是他的非婚生子女。這個負面消息斷送了他的仕途，幸好他還能繼續做民代。可是民意代表是有任期的，台南又是國民黨的「艱困選區」。到了選舉，就有幕僚出主意，說「二夫人」的事情瞞是瞞不住的了，一定會被對手攻擊，不如將錯就錯，要她出來公開剃光頭，表示向元配的懺悔，這樣才可以贏回因爲外遇而流失的婦女同情票。

鬧出緋聞後，志賢太太從頭到尾沒有過問丈夫一句，也不知道是生性冷靜鎭定還是早就知道他「外面有人」，所以不大驚小怪。記者堵到她問，她就避走，實在避不掉，就說一句：「我相信我先生。」

她這相挺到底的態度讓平素在家像包公一樣威嚴的志賢也有幾絲慚愧，某日就忽然對老妻說：「那個查某嬰崽不是我的。」志賢太太冷冷瞅他一眼，輕聲說：「我知樣。」就走開了。留下在屋裡的志賢雖然放下心來，卻覺得自己老婆眞是高深莫測，反而那個跟他吵吵鬧鬧了十幾快二十年的琪曼讓他感覺親切，也更有把握一點。時間久了，他的身分不一樣了，他忘記了年輕時曾經的「一見鍾情」，以爲還留著黃臉婆情婦全是自己仁義。

可是琪曼對要她剃光頭的事卻吵鬧得過了頭。她先把來遊說的幕僚罵了出去，再打連環電話把志賢威脅到家裡來鬧：「你這個死沒良心的，老娘跟了你多少年？你到了選舉，你叫老娘剃光頭？你怎麼不叫你酒店裡認識的美眉排成一排去剃光頭？叫你的女人都去出家做尼姑啦！」

古麗就出來幫腔：「我們是信眞主的，你叫我們琪曼去做尼姑？你良心黑不黑？你吃了老娘多少牛肉麵？老娘把女兒給你做小老婆，自己還給你做老媽子！」

韓國清也發怒了，雖然晚了快二十年，他還是說了：「我早就想把你這小子揍一頓！」

志賢沒口子的解釋這都是幕僚的主意，這不正和大家商量嗎？選情告急，可是還沒決定不是嗎？他一面申辯，一面感到琪曼和古麗兩母女各方面的相像，琪曼可不也到了他初到花大姊清眞館時候古麗的年紀嗎？他跟他們吵著吵著火也上來了，這也算他養著的一家人呀。志賢的聲音大了起來：「我對你們有什麼不好？你們幫我不也等於幫自己？我垮台了，你們有什麼好高興？」

「你們不要吵了！」寶寶忽然從裡間衝出來，大聲壓制了爭吵不休的衆人。她轉過身正視志賢，道：「爸爸，你們不要吵了，我去剃光頭！」可是她有一個條件，剃了光頭以後她在台灣也待不下去了，她要志賢經濟支援她出國去讀研究所。

美麗的寶寶在紮得像戲台一樣的競選場子裡當眾落髮，她垂著淚，替她的母親向原配陪罪；台北下來的鍵盤手被寶寶和地緣所在激發靈感，彈奏起主旨八竿子打不著，可是歌詞中提到混血美女在台南海邊癡等情郎的〈安平追想曲〉。台下婆婆媽媽哭成一堆，幕僚幾乎是快樂地在一旁偷偷評估可能回流的婦女票。被迫站上台接受謝罪的志賢太太卻在醜聞發生後首次當眾痛哭，平素冷靜到不動聲色的「正宮」在這個荒誕的時空裡哭得眞實而淒慘：多麼殘忍啊，他們不准她不承認丈夫對她和家庭的不忠，還要她上台公開表演大度。

下台的時候記者依慣例湊上前去問白癡問題：「夫人，夫人，你爲什麼這樣傷心？」官太太一面抹淚，一面得體地回答：「小孩是無辜的。」那根本就不是他丈夫志賢的骨肉啊。

韓家除了寶寶這個當事人，其他都沒去現場。寶寶用一方絲巾紮起她的光頭回家了。古麗看外孫女的樣子，說：「我以前也剃過光頭，再長出來的頭髮可好了。」寶寶笑一笑，說：「姥，以後我出國發財了，帶你去麥加。」

琪曼在客廳看電視，見女兒進來只家常地說：「回來啦！絲巾新買的啊？」就沒心沒肺地轉頭回去等她要看的連續劇。

除非志賢事前吩咐要看有他英姿的電視新聞，否則這個家裡一向只收看娛樂節目。這天這家人就這樣輕易地錯過爲了琪曼而在南部上演的悲情大戲。琪曼把電視音量調大，聽她喜歡的連續劇片頭曲〈瀟灑走一回〉。她知道韓寶寶去剃了頭，可是那又如何？反正沒要她去。何況寶寶頭髮也沒白剃，原先志賢一直不如對自己兒子那樣大方，始終不肯痛快答應出錢讓「女兒」也出國留學，現在也肯了。

「不管怎麼樣，日子反正都要過下去！」琪曼想起媽媽古麗常說的話。她從來不是個聽媽媽話的女兒，這句卻記住了。

二〇一一年十一月七日定稿

朝聖之路

那個黑瓦灰牆的房子前身是農舍，改建後院牆一圍，連院子有將近三百坪。前面的鐵柵門永遠是虛掩的，推開後的那條小徑無論四季，總是布滿落葉枯枝，踩在上面一步一聲「吱嘎」，怎麼小心走都像後面有個看不見的人跟著。正房重修時上了石灰，換了黑色厚瓦，可是原先安老先生一度用來養花的偏房還是早先土磚薄瓦的農舍。偏房才失修幾年，已經看著有些牆傾圮摧，整個院落清冷殘敗的模樣像極了小說裡描寫的冷宮。

都說安太太不會生；安家就兩姊妹，姊姊安靜和妹妹安心差了快五歲，中間並沒有個一兒半女。安先生到台灣以後還在原來的國營單位，雖然職位高升，業務範圍卻從中國三十六省縮減到台灣一省外帶點福建省原來的零頭。他私底下自嘲是從芝麻升成了綠豆，外面搞不清楚的說起來卻是「官運亨通」；地方小，走動方便，年節來家送禮的人竟比在南京的時候還更多。安先生儀表堂堂，又是實業專才，到台灣的時候才四十歲，有嫉妒的人酸他，說像他這樣的怎麼可能外面沒有兒子？台北社交圈還時不時的無風起浪，傳一下他的風流韻事。可是安太太很篤定，跟其他官太太們一面搓麻將一面聊天，說起安先生的時候鼻子裡噴氣，道：「哼，我對我們安先生可從來沒有不放心的！」

安太太金舜蓉是大家出身；說話有分寸，換了個口沒遮攔的女人，就會乾脆澄清問題出在先生這邊。不過有眼睛的人也該看得到，就算有過幾次桃花，還只有她金舜蓉能替他結果。可不，安先生留在鄉下老家照顧公婆的元配辛貞燕也多年無出，當初休書上用的理由就是這一條。沒有那封休書，安太太娘家就算到了民國朝中無人，金家也還是滬上富戶，她老太爺金八爺也還是租界裡的紳士，哪怕是個老姑娘，金家也絕不會答應給戶「鄉下人」財主做二房。

手上有張前房的休書，金舜蓉應該穩坐安太太的位子，沒想到造化弄人，國民黨撤退到台灣的時候，安先生老家靠海，安家兩個老的聽說原先在南京的兒子去了台灣，也不知怎麼神通廣大地在國民政府都遷到台北以後，還能從原籍雇了條船，帶著從未眞正下堂的兒媳，和同族過繼給辛氏，才滿周歲的「兒子」安亦嗣，以及幾條不知道從哪裡來的不怕死的「黃魚」，毅然投奔怒海偷渡尋親。

這樣一群烏合之衆，老的老、小的小，居然福大命大地一路躲掉兩岸的槍子炮彈，平安登陸戒備森嚴的台灣海岸。這下糟了糕，安太太在台北忽然上面冒出一雙公婆，鼻子跟前多了位「大姊」，原來有女萬事足的丈夫膝下還多出個「兒子」。這種事情安太太怎麼能答應？幸好國民黨那時候要建設「復興基地」，重用技術官僚，安先生步步高升，靠他高級公務員的薪俸在物價低廉的當時竟然也養得起兩個家；安家老太爺、老太太一方面明白家和萬事興的道理，一方面也離不開晨昏定省的孝順兒媳，就跟著認命替負心郎孝親的辛貞燕，拖著長孫亦嗣，一起搬到市郊中和鄉一間農舍改建的洋房裡，分爨而居。

兩老搬過去後，安老太爺用紅紙寫了祖先的名諱往牆上一貼，中和鄉這邊就成了正牌「安宅」。兩老在的時候安先生每週兩天一定要過去省親，週六還要奉慈命在那邊「過夜」，回到台北濟南路這邊家裡，安先生都說是陪著父母打了一晚的牌。安太太雖然一直有點狐疑，卻也自信瞭解丈夫的那點能耐。只是過年的時候躲不掉全家大團圓，舜蓉這個安太太一定要過去向公婆拜年，兩位安太太必須要濟濟一堂扮姊妹，舜蓉得叫崴著兩隻解放腳，上海金三小姐眼中的鄉下女人「大姊」，聽著女兒喊梳了個巴巴頭的土婆子「大媽」。

聲稱是過繼來的兒子亦嗣一年年長大，男孩會說話了，婆婆讓叫舜蓉「小媽」，更讓安太太氣在心頭。舜蓉看見亦嗣越長越像貞燕，就越來越懷疑不是過繼來的。算算時間，如果懷胎十二個月是有的事，就有可能是安先生來台灣前最後一次回鄉省親時播的種。安太太自己心裡疑神疑鬼，雖然找先生吵過，卻不敢盤問深究，幸好看見安先生對元配的兒子冷淡，遠不如對自己兩個女兒的疼愛，才心裡好過了一點。

安家兩老過世以後，中和「安宅」中樞瓦解，安先生不用再去請安定省。最讓舜蓉欣慰的是，丈夫不等吩咐，就主動徹底自絕於「那邊」，甚至對繼承安氏香火的兒子亦嗣也不理會了。這時反而是又穩做安太「大位」的舜蓉感覺過意不去，就動用「當家人」的權威，只把往昔月費比照二老在世時減半，可也還是按時送去。只是她自己當然不會再去喊「大姊」，送現金這種差事又不放心交付給司機或女傭，這個舟車勞頓，還要跟「那邊」說話打交道的苦差事就落到當時剛剛上高中的安靜頭上。

安靜那時也就每個月從濟南路家裡轉車跑一趟中和鄉，並不是什麼大不了的事。安靜也弄不懂，爲什麼在離開多少年後都還夢到自己走在那個荒草蔓蔓的院子裡，去給「大媽」送錢？

那個黑瓦灰牆的房子前身是農舍，改建後院牆一圍，連院子有將近三百坪。前面的鐵柵門永遠是虛掩的，推開後的那條小徑無論四季，總是布滿落葉枯枝，踩在上面一步一聲「吱嘎」，怎麼小心走都像後面有個看不見的人跟著。正房重修時上了石灰，換了黑色厚瓦，可是原先安老先生一度用來養花的偏房還是早先土磚薄瓦的農舍。偏房才失修幾年，已經看著有些牆傾圮摧，整個院落清冷殘敗的模樣像極了小說裡描寫的冷宮。

安靜從十五歲起去「那邊」送錢，一直送了五年，到她要出國的那年，這個任務才移交給了小她五歲的妹妹安心。安靜最後一次到「那邊」的時候帶著妹妹一起去，算是任務交接。那時安亦嗣已經十歲了，剃著光溜溜的一個頭，貞燕要他喊大姊姊、二姊姊，他也不叫人，眼睛溜溜地轉。

安靜照例說：「爸媽問大媽好。」然後把裝了錢的信封放在桌上，大家靜坐一會，再問：「大媽還有事嗎？」這就是要告辭了。貞燕也就指著桌上一瓶早先預備在那裡，自己做的豆腐乳或是衝菜，要她帶回去，說：「你爸媽喜歡吃再來拿。」

頭兩年貞燕還會多問一句安靜父母身體好嗎，後來就連這個虛套也省了。安靜有點想告訴大媽下次來的只有安心，可是那樣就要談起自己出國的事，說來話長，又好像跟大媽太親熱了會對不起自己的親媽，就只如往常一樣地站起來淺淺鞠躬道再見。

兩姊妹出得院門，才向公車站方向走了幾步，安心吐了一口大氣，用力推姊姊一把，一面抱怨：「中和這裡搞得像個鬼屋一樣！這地方晚上叫我來我絕對不來，嚇都嚇死了。」她學自己媽媽，用地名代替人名，喊「中和」不喊「大媽」。

「阿爺、阿奶不在以後都是我一個人來，你才第一次就嚇死了！」安靜說著，輕輕推回妹妹一把表示嗔怪。

安心怨道：「爸自己都不來，媽還要我們來。以前來這裡媽就不高興，覺得自己被爸騙了，好像做了小太太。現在叫我們來，那我們覺得自己是小太太生的就會高興呀？眞是的！」

「媽說人家也孝順了阿爺、阿奶一輩子，還有個亦嗣，再怎麼樣也是我們的弟弟。」安靜替安太太講話。

「亦嗣越大越討厭！你看他那個鬼鬼祟祟的樣子，哪裡像安家的人？——媽就是人太好，才被爸騙了，現在還幫他養中和這一家。要是我才不幹，又不是欠她？要錢叫她來拿呀，要我們送什麼送？反正媽那種從前的女人就是太可憐了！」安心感歎道。她初中剛畢業，事理明白得不多，一味同情被爸爸「騙」了的自己媽媽，對幽居撫嗣的大媽滿腔怨憤，卻沒想到「中和」這位跟她同情的自己媽媽一樣，也是個「從前的女人」。安心青春正當時，雖然上個月才因高中落榜好哭了幾天，這兩天又因爲五年制專科放榜，考上外語學院，做了姊姊的學妹，心情雨過天晴，自我感覺前途是時代新女性的一片光明。

「做現在的女人難道就容易？」安靜輕歎一口氣。她今年夏天五專畢業，生日月份大，明明才二十歲，照年頭算起來卻快叫二十二了。同學有找到工作的，也有發了喜帖要結婚的，她卻在補習烹飪、英文口語和學習駕車。照說她一個外語專科學校的學生，讀了五年商用英語還補習什麼口語？可這都是應她在美國的那個對象的要求。

對象叫黃智舒，和安靜兩人通信已經一年了。黃氏也是江南望族，清末以來子弟不再參加科舉，相信工業救國，漸漸滿門經商。黃家老太爺在家族中不算發達，只幫襯做大生意的族兄，人家吃肉他喝湯，卻自己定位是個儒商。黃家跟他們一些做生意的宗親都在國共內戰時去了美國或香港。安太太覺得兩家門當戶對，就男方比她理想中的女婿大了兩、三歲。黃智舒滿三十歲了，已經在美國拿到了理科博士學位，有工作、有美國身分，還在工作的國立研究單位附近小鎮上買了房，和父母一起住著，確是不可多得的理想女婿人選。

西元五〇、六〇年代美國的中國留學生不是從大陸本土直接到美國，就是從大陸到台灣再考取留學考出去的，除了少數公費留學生，多半都是世家子弟，而且陽盛陰衰得厲害。雖有少數排除歧見，打破藩籬，華洋通婚，多數留洋的男生都留成了大齡光棍，就算自己瀟灑不著急，父母也都到處尋求華裔「閨秀」來替兒子們解決婚姻問題。這些過了婚齡的男青年不少算得上是名門子弟，大陸老家的門讓共產黨關起來了，這下只能指望小小「自由中國」的官小姐來遠水救火。

民國三十八年離開家鄉時候還是小學生的，像安靜這種「名門閨秀」剛剛長成，含苞待放。那時候台灣戒嚴，海峽又靠第七艦隊庇護，美國在台「天威」正旺，自由寶島誰不嚮往？有點辦法的女生父母也在太平洋這頭削尖腦袋替女兒們想門道出國。

「氣死了！氣死了！」安太太到家的時候簡直弄得一個鬢亂釵斜，一面口中罵罵聲，一面不顧風度地解開旗袍領上的扣子透氣。

她這天和另外三個相熟的太太在幾個政府衙門之間奔來跑去地辦交涉，用她的說法那是「到處碰壁」。她投訴給安先生聽：「那個護照科的幫辦最可惡！是，我們朝聖團是去西德，沒要你改呀。下面加幾個字，途經美國，不犯法吧？就不給你方便。閻王好鬥小鬼難纏，陳太太說只能找他們沈部長。呃，你不是也認識沈昌煥嗎？」

安先生橫她一眼，不耐地道：「你們這叫什麼事！還好意思去找外交部長？人家部長丟了國家大事不管，來管你們幾張護照？依我說就該叫小靜明年再去參加留學考，去美國就正大光明去美國，不要湊這個朝聖團的熱鬧，走什麼後門！」

「你寶貝女兒今年沒考上，你保證明年考留學就考得上？再說年年考還來得及嗎？」安太太自己吃了做老姑娘的虧，當年娘家沒有時間細細訪查，落得跟人共事一夫，丈夫睡在「那邊」的晚上，感覺自己名門淑女卻糊裡糊塗「做了小」，也滴過幾滴怨婦清淚。聽到安先生對她愛護女兒的一片苦心撂官話，不免怨氣沖天：「你少說風涼話！青春就是女人的本錢！要不是我找到這個路子，就小靜那個溫呑脾氣，她就坐在家裡用功再考三年也不一定考得上。——咦？小靜呢？——還沒回來？去趟中和也能去那麼久？這個小孩做事情就是拖泥帶水，慢得讓人生氣！」

安太太對丈夫的不滿轉移到女兒身上，雖說手心手背都是肉，可她老是遺憾，其實安靜小時候也還好，後來不知道是否到了台灣水土不服還是怎麼了，人變得鈍鈍的，硬就沒有小女兒安心機靈，會討媽媽喜歡。

「安靜名字起壞了！」有時候家裡人這樣開玩笑，嫌安靜遲鈍。其實安靜也不像她的名字那樣，光是靜靜地不說話，她是有反應的，還很聽話，只是好像永遠帶著點受了驚嚇的表情，常沒辦法把別人給她的指令執行到讓人滿意。比如學習駕車，她上的是要多繳錢的保證班，可是全班就她一人沒考過，得回鍋去再上一次。安太太帶點諷刺地提醒她，小學游泳上過三個夏天的初級班以後，才和比她小五歲的妹妹一起升上中級班，這回可沒三年的時間等她考上，朝聖團要去西德瞻仰聖禮，預計的出發時間不會爲了她拖拖拉拉的脾氣更改。

安太太爲了安靜參加朝聖團這事算是煞費苦心，不但女兒自己，原來只拜祖先的安太太也在不久前受洗成了天主教徒，在祖宗牌位旁掛了串十字架。這一切布置就爲了安靜能參加天主教一九六五年在慕尼黑舉行的祝聖大會中國代表隊。安家原來沒有哪個是天主教徒，對於爲什麼「洋和尚」會組成這樣一個幾十人都是未婚處女的朝聖團起因並不瞭解，等到安太太在牌桌上得到消息的時候，已經是晚之又晚，幾乎她知道的幾家官小姐都入選了，正在辦理護照。要不是外交部幾個不知道自己斤兩的小幫辦非要按著慣例辦事，一開始堅持發給朝聖團員團體護照，要如花似玉的團員們只能團進團出，耽誤了時間，慢了不只半拍的安靜都趕不上補交遞件。

不能怪安太太她們後來在牌桌上講起來要得意地笑。原來折騰一陣，國民政府的外交部還是發了朝聖團員一人一本普通護照。坐安太太上家的太太說：「什麼團進團出，想得出！外交部要面子，現在只好說是西德政府不接受團體護照，所以才改發普通護照的。外交部那幾個就是拿了雞毛當令箭，找麻煩！——碰！」

安太太「吃」還沒喊出口，她下家的太太說：「我也碰一個！——眞是，不懂事！」

小公務員是不懂事，哪怕國民黨都敗到台灣來了，官小姐後面還是官太太，官太太後面還是官大人！

「現在的問題是內政部這邊沒搞好，」上家太太消息靈通，她女兒參加朝聖，其實是因爲大專聯考落榜，要去美國讀大學，家裡都安排好了，這次花了這麼多路費，動用這許多關係，已經是志在必得，美國非去不可。「內政部發的公函裡就說去西德，搞得外交部這邊逮到機會刁難，就故意在護照上寫只能去西德。」她看著安太太說：「上次去外交部算白去了。後來你沒去，我們又去了兩次。陳太太也找了沈部長，他說部長不管護照，丟給他的次長。內政部和外交部踢皮球，外交部說內政部再補一份公函增列朝聖團目的地是西德，可是途經法國、美國什麼的，他們就照辦。」

安太太說：「內政部這邊我們老安熟——吃！」

「等你們老安？早去過了幾次了，有什麼用？內政部那些師爺精得很，一點責任不負，送了公文去行政院請示啦。」另一位太太說，「我們家老爺子還打官腔，說中華民國的國家最高行政機關不是旅行社，管到你們朝聖團的行程？他說國家養了這些公務員眞是有空，寫些公文來來去去跑死馬——嘿！就等這張！胡了！」

安靜不知道她參加的這個官小姐朝聖團後來成了台灣外交史上一件粉紅色醜聞，外交部、內政部很多小公務員都爲這件荒唐的公案寫了檢討，那時候還沒被台灣特務機關抓起來的輿論「清流」也借題發揮，在報上罵了成個月。這場官太太大戰「中華民國」在台灣各個政府衙門的著名戰役，娘子軍團大獲全勝，報上酸的「處女團」幾十位千金小姐就跟著大名鼎鼎的「洋和尙」放洋去了。

「朝聖團」一行除了領隊的總主教以及其他有職位的幾個人有始有終，回到台灣被報紙繼續修理，全體處女團員最後都一如原先家長們安排計畫的那樣先後去了美國。有美簽的幾位小姐更是在法國轉機的時候就脫隊直接去了此行眞正的目的地。

安靜出發前時間不夠，也沒想得那麼週到先去弄張美國簽證，只得隨大隊去了慕尼黑。安靜到梵蒂岡瞻仰聖禮後，確確實實地從心底接受了天主，看到教宗聖顏的時候還情不自禁地流下喜樂的眼淚。其他的事情她就交給天主，跟著幾個有主意的朝聖團裡新交朋友到處跑。果然「天主保佑」，駐外的美國領事不懂自由中國人民出入境的不自由，和中華民國刀筆師爺在小姐們護照上留下的玄機，糊裡糊塗地發了簽證。有點自卑自己只有五專學歷，生性又不活潑機靈的安靜，就這樣繞道歐洲，不負母親安太太的苦心，輾轉來到了當時的世界樂土美利堅，在滿二十一歲的生日那天，順利地嫁給了家裡替她選擇的，之前通過信卻未曾謀面的黃智舒。

*

「你那個老婆——」安靜的婆婆，黃太太本來也是大戶人家的小姐和太太，還受過高等教育，可是生不逢時，先在祖國做難民，再到外國做二等公民，顛沛流離的日子一久，看得見的就剩孔方兄上的錢眼了；也是，祖產都被「共」了，歸期渺茫，用美金過著日子不能不精打細算。其實剛開始媳婦過門見喜，甚至接二連三地大肚子，兩老都還很高興家族興旺，黃氏他們這一房在海外香火不滅。等安靜生到第四個的時候卻忍不住了，皺眉道：「太會生了！你們就不知道要避孕嗎？她這樣自己不能出去工作，我們也沒有力氣替你們帶小孩了。」

孩子是天主賜的禮物，安靜不能不要。生第六個的時候，快要崩潰的丈夫黃智舒就「自行了斷」，沒有和誰商量就做了結紮手術。公婆這時也熬到了夠資格搬進老人公寓的年紀，就不再堅持等待什麼地理位置更合理想，房間更大的居住單位，收到通知馬上搬離新墨西哥州，把原來出了頭期款和兒子合買，打算三代同堂的獨立房屋讓給兒子、媳婦；算是被第六個貝比嚇得落荒而逃。兩老想，就為圖清靜也不能再跟兒子一家八口住了，更何況兒子家裡食指浩繁，跟他們一家住，光沒沾到，怕自己一點老本遲早都要貼進去相幫養小孩，哪敢再肖想被小孩子纏得不能分身的媳婦侍候。

有條有理的美國日子，比世界上其他任何地方的日子過得快；如果像智舒和安靜這樣住在沙漠州的小鎮上，每天日出而作，日入而息，哪怕不種田，過得也跟太平盛世的農民差不多；十八歲就可以預見自己八十歲坐在搖椅裡曬太陽的樣子。

安先生和安太太起初也去過那個住了很多博士和科學家的沙漠小鎮探過女兒，可是每次都提早打道回府。

「鄉下人，小靜完全成了個鄉下人！」第一次赴美探親，安太太自己一個人去的，轉了幾道飛機。安太太費這麼大的事，原來也是想替外語專科剛畢業的小女兒探探路，看怎麼也能像姊姊一樣，讀書也好，嫁人也好，反正也「留個美」，鍍鍍金。安太太去大女兒家住了二週，回到台北後她臉色慘白，聲音發顫地向安先生投訴：「他們家大人、小孩的頭髮都是她自己剪的，」安靜還自告奮勇要替她媽媽也修剪修剪，把在台北每個星期由司機車去知名美容院洗頭和做頭的安太太嚇得夠嗆。

「小孩的衣服都是教會裡人家捐的拿回來穿，」安太太說得眼淚都快流出來，「要嘛就是她自己做的，都是像窗簾一樣的粗棉布。」

安先生卻聯想到電影《飄》裡演郝思嘉的美女費雯麗，拉起那塊絲絨窗簾就做了件頂合身的晚禮服，就說：「滿好的。美國人就是勤勞，什麼都自己動手來。我要有機會，我也喜歡自己動手種種花什麼的。」他嚮往地說，「美國人守秩序，開車不按喇叭。那裡空氣也好。小靜住的地方乾燥，老了不會風濕。看她寄來的照片說是沙漠地帶，院子也是有花有草的。采菊東籬下，悠然見南山啊。以後能到那裡去退休養老一定延年益壽。」安先生去過美國開短期會議，到華盛頓、紐約、三藩市幾個大城待過幾天，印象很好，和女婿也在旅館裡見過面，婚後老大肚子的女兒旅行不便卻錯過了。他一直想找機會到女兒、女婿住的，在他心中像世外桃源般的小鎮，也去住上個十天半個月就太理想了。

可是輪到安先生真有機會和太太一起去美國探望女兒、女婿，在少見花樹，多見仙人掌的小鎮住幾天的時候，他卻不到一個星期就提出要縮短行程。安先生說多年未見的女兒看到就安心了，他現在反而掛心公務，決定早點回台北述職，歸隊上班。安氏夫婦那次親身考察歸來，回到台北後，安先生再也不提自己早先對美國桃花源的描述，對要小女兒去美國深造的熱心也明顯降低。他跟安太太說：「安心考得上托福，有學校收她，就去。要她姊夫介紹個朋友，那就不必了。她不嫁到美國去，我們也留個養老女兒在身邊。」言下之意聽起來是不打算去美國投靠女兒，到井井有條秩序良好的小鎮去養什麼老了。

娘家人看起來對「去美國」都失去了熱情，安靜又是家裡和教會裡兩頭忙，連信和電話都要等到年節才通。只是安太太到底是做媽的人，一想起來就像海峽對岸有兒女下放在大戈壁裡的父母親一樣大包、小包的寄慰勞品。安太太所寄包裹的內容隨著台灣社會的漸趨富裕而有所改變，從一開始的中國食品到後來的衣服鞋襪；等到孩子裡有四個都在上大學的時候，就乾脆寄美金匯票了。可是不管台灣娘家裡寄來的是啥，安靜在沙漠小鎮上的歲月，卻只是連潺潺水聲都沒有似地靜靜淌過。

除了孩子一個個長大，安靜的日子一成不變。白天生活自然有一定的軌道，可是她連夜裡作夢也一再重複，或者大同小異。安靜不記得自己十歲到台灣以前的任何事了，出生地上海和童年所在南京的人與事從未入過她的夢。她在夢中老是回到台灣，有時候走在中和鄉那個像冷宮一樣，落葉堆積的院落裡，小徑蜿蜒，看不到盡頭；有時候在淡水霧氣茫茫的學校教室裡考試，鈴聲響要交卷了，可是她只寫了名字，其他一片空白。安靜在沙漠小鎮中已經住了大半輩子，在這裡帶大了六個子女，送他們到大城市裡開始屬於他們的人生。她自己留在這裡，從少艾到初老，都在這個鳥不生蛋，卻製造出了世界上第一顆原子彈的地方。她從二十一歲初爲人婦就來了這裡，三十年一晃眼就過了，日子過得太快太平穩，安靜作夢都來不及夢這個她住得最久、最熟悉的地方。她也沒有夢到過她一生中最重要的福地慕尼黑，可是在那裡瞻仰聖禮畢竟是她一生中的最高潮，這個難得的經驗在教會裡被多次當眾提起，讓她想起來都熱淚盈眶；那短短朝聖團的七天，是她的新生，是她人生離亂和安穩歲月的分水嶺。她始終感激朝聖的福緣所帶給她的終生信仰和一世平安。

安靜也去過子女工作和居住的加州、新澤西州這些地方住過。她幾次去幫兒子帶孫輩、幫女兒做月子。美國華人聚居的大地方雖然生活便利，可是物價也高，甚至連教會都有華洋之分，這讓終生都參加白人教會的安靜不自在；仰望神父、環顧教友個個都長得像聖父、聖子更讓她覺得身處聖堂，接近天主。她習慣自己住了一輩子的小鎮；她很知足，美國就是美國，是當年她踏上朝聖之路的終極目的地。到了聖地，哪個州不是國境之內？她從來沒想到離開這個沙漠州到別的地方去。

本來和太太安靜一樣，智舒也很知足，他工作的單位除了地處偏遠，世界頂尖的設備和同僚卻是一個科學家的美夢成真；何況他也不知道美國還有哪裡、做什麼，可以讓他養活這一大家子？智舒在沙漠皓首窮經一生，直到空巢，盡了延續生命的人生目標以後，才從實驗室裡探出頭來，竟看見小鎮上不知何時開始，不少華裔同事穿梭兩岸，亞美兩大洲之間跑得風風火火，世界漸平，科學家也融入世俗的熙熙攘攘，活得比較從前熱鬧和興頭呢。

智舒和台灣政府素無淵源，六十五歲退休以後倒一直有「祖國」方面的研究單位透過以前在大陸的老同學來邀請去演講，這對退休的科學家眞是很大的誘惑和榮耀。智舒雖然是名校博士，可是在偌大的美國國家研究機構裡，同事哪一個不是發表了很多論文的專家？專家菁英中升得上去做主管拿高薪的往往不是菁英中的菁英，而是能從政府要到研究經費，會耍嘴皮子的半吊子。多數做高端精密研究的科學家反而沒時間練廢話，是鋸嘴葫蘆，雖然下了班也等著薪水付房貸，可是在實驗室裡卻放眼人類福祉，不屑去華府向外行政客畫那些像好萊塢科幻片道具一樣的大餅。

漸漸智舒對「祖國」的邀約開始心動。他看著比自己少了上十年以上資歷的同儕被邀請去北京吃香喝辣，個個穿上西裝儼然人物，還拿回來和祖國領導的合照炫耀，他卻像個小老頭樣地穿著牛仔褲在院子裡修剪仙人掌，擔心自己落伍。智舒幾次跟安靜商量，說他們也接受邀請回大陸看看，就當是免費觀光？短期的演講做了兩三個，夫妻對讓自己感覺是人上人的「祖國」印象很好，起碼比西元九十年代暴發代工財的台灣讓三氣具備：花錢小氣、說話洋氣、穿著土氣的黃氏夫婦更喜歡。

後來果然就有內地單位來長聘。那時中國不富，公家單位也只有甘詞無厚幣，強調的是「民族感情」和「為祖國人民服務」。智舒雖然沒忘記中國話，畢竟在資本主義的國度成長，知識也有明碼實價，對待遇比較計較，就顯得有些舉棋不定，一再問安靜和子女的意見。

安靜反正是個慢性子，除了年輕時被媽媽逼著參加過處女朝聖團遠嫁美國算是冒過一次險，做事最不喜歡為天下先；智舒如果沒有和她打商量，像當年結紮那樣，做了也就做了，既然問她的意見，她就說：等等吧。他們家兒女多，事也多，安靜在先生退休以後這個小孩家裡、那個小孩家裡輪一圈，幫幫忙，大半年就過去了。等到安靜到每個小孩家裡都去過，個個子女都談過，知道大家也都很贊成，說是父親退休了去中國講學，是應用所學，說不定還能開創事業第二春云云，這也就幾年過去了。見機得早，決定果斷的同事都已經發了幾張有一串中國頭銜的專家名片給黃氏夫婦了。

等到全家，包括小孩配偶在內的意見都一致了，安靜終於同意丈夫受聘到大陸去講學的時候，智舒都六十九歲了。兩夫婦這才收拾了房子準備搬到中國去。朋友和教會的惜別宴吃了好幾攤，那天還正在繼續打包，已經停了有線電視服務的電視只看得到當地無線頻道，忽然插播和中國來往密切的同事以「竊取國家機密」的重罪被逮捕。華裔科學家戴著手銬被帶走的畫面重播了好幾次，記者旁白說聯邦調查局從一九九五年就開始布線，追蹤了四、五年才決定採取行動。這麼大的案子，自詡講究人權和證據的國家，罕見的未經審判就讓個當地的小電視台當場替連嫌疑犯都稱不上的台灣人科學家定了罪。

安靜和智舒看著電視不知所措，感覺住了一輩子的平靜小鎮忽然諜影幢幢，安靜問智舒他們接了聘書是不是也就成了嫌疑犯？智舒說不知道，中國看來是不能去了，可是這裡也不安全，聽電視台報起來，實驗室裡的華裔個個都被當成了叛徒跟監了幾年的樣子。反正機票本來就分兩段，他們不如依照計畫先到本來去轉機的三藩市女兒家避避風頭。智舒道：「我受聘去講學，人還沒去。以前去雖然沒有報備，可是我已經退休，不接觸機密幾年了，他們不能賴我勾搭外國政府。何況美國人可能只想製造寒蟬效應，嚇得我們中國人都不敢去中國，」智舒越講越激憤，不小心就分了你我，想起來自己二十歲以前的那個國民身分。不過怕歸怕，氣歸氣，終究還是要面對現實。智舒拿出研究分析的專業態度做結論道：「反正我們不去了，我不相信，老美就不講法律了嗎？不過三藩市華人多，那裡比較安全，就算要搞麥卡錫主義，FBI到了加州也應該不敢亂來，那裡的老中我看他老美抓得完！我們改機票，明天有位子就走。」

兩夫婦在次日清晨連朋友和教會都沒有驚動，自己叫了計程車去飛機場。鎖門的剎那，安靜忽然想起自己十歲時和父母、妹妹離開南京之前；五歲的妹妹什麼都不懂，她卻因為連著幾個月感受到父母的倉皇而一直有著自己世界將要崩塌的莫名緊張。她還得了脫髮的怪病，女傭拿生薑在她禿成圓斑的頭皮上擦，辣得她淚流滿面，卻不知為什麼她哭不出聲音。在那以後，和童年記憶一起失去了的是她少時的機敏，她變成了後來在台灣那個溫吞的安靜。她也記起來那個從未入夢，卻有她快樂童年的小樓，以及離開南京那天母親一面鎖門，一面流著眼淚問父親：「你看這局勢，我們還回得來嗎？我看我們是回不來了！」

「那時我還不認識天主，現在不一樣了。」安靜告訴自己，她握緊手中的十字架，無聲地呼喚聖名。她沒有聽到先生在催她：「還在拖拖拉拉什麼？快點上車吧！」

叫了天父的名，安靜漸漸感覺聖靈充滿。她相信自己從踏上朝聖之路的那天起，就找到了人生的方向；她跟上智舒的腳步，知道他是被派來帶領她走過荊棘的使者。上海外婆家、南京的家、台北的家、沙漠小鎮的家，無論長短，都只是人生的驛站；安靜想到旅途的最終才是她永恆的天家。她感覺勇氣百倍了。

二〇一二年二月三日定稿

人生若只如初見

她埋首他的頸窩，聞到丈夫身上熟悉又陌生的氣味，一陣愛意襲上心頭，正打算原諒對方稍早對她年齡的不當發言，卻聽見銀俊像從前講情話那樣在她耳邊細語：「看我多愛你？你都五十歲了，我還這樣抱著你！」他退後一點，抬起她的下巴，像要親吻她的姿勢，半晌卻只端詳，挪動手指在她臉上輕撫，無限遺憾地道：「看，你的魚尾紋都這麼深了，」又捏捏她腰間贅肉，幾乎是愛憐地道：「你以前穿旗袍那個腰多細！怎麼一下子就胖成這樣了？」

這天安心比平日忙；上午要到醫美診所打玻尿酸，下午去中醫診所針灸養生，中間還約了室內設計師陳欣玲吃午飯。家住陽明山別墅的安心來到市區總會邀欣玲出來聚聚。

欣玲在住家公寓門上掛了塊上書本人芳名的小牌子，這就算在號稱台北曼哈頓的東區有個自己的工作室了，她和沒事就裝修房子殺時間的闊太太安心合作了十多年，主僱關係之外頗有私交。這一帶房產在小市民眼中是可望不可及的天價，像欣玲這樣沒有名氣和祖產的室內設計師，能在台北菁華區占上這麼一席之地，也算「成就」。不過以亞洲社交圈的標準，自給自足的女性專業人員跟頭銜是「董事長夫人」的安心社經地位卻沒法相提並論，然而年過五十，從前叫半百老嫗，現在還叫單身熟女的欣玲沒有家累，可以讓有閒有錢的安心隨叫隨到，算是個好女伴。打從初見，欣玲就著實巴結，安心也折節下交，兩個女人結成好友。安心有業務給欣玲的時候自然朝夕相見，不然安心每三個月來東區打美容針的時候也一定找欣玲出來吃飯聊天。

吃飯當然是安心買單，欣玲負責提供一些有關房屋裝修的產業消息，或者其他客戶的八卦祕聞回報；台北地方小，講來兜去經常會扯出共同認識的人，安心多年不工作，台灣商人生意應酬很少帶上太太，安心的社交圈子很狹隘，欣玲算是她的「消息靈通人士」。

「郭董新的辦公樓找我學長做，我學長說如果得標會發一部分讓我來接。郭太太，你見過你老公那個新的辦公室助理嗎？」欣玲換了神祕兮兮的語氣，「很高，打扮得很妖豔哦，看起來樣子很年輕，聽說其實都四十了耶。我覺得她不是郭董的型。」

安心不大高興地說：「不是跟你講過好幾次？我老公的事情都不要跟我說，我只要他準時付我兒子房貸，生活費一毛不要少，其他的我不管。」

早幾年安心可不是這樣，以前這世界上她最感興趣的話題就是她的男人。她告訴欣玲她早該想通老公就只是銀行，重要的是不倒閉，要錢的時候領得到，其他都無所謂！

欣玲臉上露出無趣的神情，拿起小銀勺攪動自己面前的餐後咖啡。兩個女人都想起多年前，她們剛成了朋友的時候，根據欣玲提供的消息，安心懷疑丈夫和屬下女職員有染，回家把貴婦裝一脫，頭髮一紮，換了牛仔褲和球鞋，驅車直搗丈夫公司，進了辦公室寒著臉，並不搭理人家一路喊「董事長夫人」，登堂入室找到女事主，不問青紅皂白，當著一辦公室同事就唰地一個耳光拍過去的舊事。

「我現在修養好得像佛祖，」安心打破有點尷尬的沉默，自嘲地說：「可能像我兒子說的，超長更年期二十年總算過去了。他們都很高興。」

「他們有個好爸爸，房子越住越大。一直搬新家，怎麼會不高興？不像我這種人只能靠自己。大概換我更年期了吧。」欣玲帶點淒涼地開著玩笑，「怎麼辦？以後我沒有兒子來安慰，也沒人做我的銀行。」

「噗嗤！」安心本意要輕笑，可是聽來只像口鼻噴大氣。「我們一直換房子，你就一直有生意做嘛。」母子同心，外人怎會明白？安心曉得夫妻做到這個分上，老公是不會多給她一分的了，趁著老子心裡還有兒子，她要老大、老二輪流貸款換房是策略運用，主要是避免將來被外面的女人和野種多分了應該他們三人全得的家產。安心感覺無論多少年的交情，一個替人打工的老小姐拿自己來跟她的富貴家庭相提並論也是太不知分寸了。她冷臉叫住走過的服務生：「不好意思，買單！」一面對欣玲說：「你慢慢吃。我有事先走一步。」

午飯以後，安心接下來的節目是去扎針，說是能排毒維持身材。她從醫學美容剛在台北興起時就成了忠誠顧客，什麼都敢試。這十幾、二十年來花在美容上面的錢，像她自己老愛跟人炫耀的那樣：都可以在天母買棟房子了。

安心說這話的時候，總是既感慨又得意的；聽的人也都羨慕她嫁了個好丈夫，有大把銀子隨便她花。安心不打麻將，常雷射去斑又特別注重防曬，就也不做任何需要見太陽的戶外活動。幾十年來唯一的興趣就是把時間和金錢花在美容上面；至少一個人躺在美容椅上不需要伴，而且特別消耗她手上最多的東西——時間。

錢看起來沒白花；今天早上在醫美診所，丁醫師就請安心做活廣告，讓兩個第一次上門的客人圍攏過來細細在她臉上查看，並且要她們猜年齡。

「六十八！」那兩個說是美國來的土包子聽到她的眞實年紀以後，大驚小怪地叫起來。一個嘴快的就說：「那看不出來，絕對看不出來！我最多猜五十五歲。」

「看不到五十，最多四十八啦！」另一個觀察到安心臉上的不悅之色，企圖挽回地說：「阿姨看起來好年輕，哪裡看得到五十歲？四十八！」

安心不大高興地離開了診所，她當然知道動再多的手術或更密集的微整形，也抵擋不住無情的光陰，即使表面上再不顯老，鏡子裡看見的也非昔日容顏。可是那個二百五猜四十八！她這樣拚命惡整，也不過回到丈夫不再當她是女人的那一年。這二十年來究竟是爲了什麼在努力？「女爲悅己者容」，她失去悅己者久矣！

安心四十八整生日的那天，連他自己生日都沒回家慶祝的丈夫郭銀俊，愼重地排出時間全家聚餐，還送了花和首飾當生日禮物。節目最後是一家四口和樂融融，圍攏爲壽星唱生日快樂。蛋糕上面插了五根蠟燭代表五十歲。她愛嬌地抗議：「怎麼點五根啦？

今天人家是滿四十八歲耶！」

兒子們聞言失色，趕緊推託：「都是爸！他搞錯了，他說媽五十大壽！」

「什麼搞錯？沒搞錯！我朋友才剛幫我慶祝五十歲，你媽跟我生日才差幾個禮拜，我五十歲，她怎麼會四十八？」銀俊反駁，「是你媽搞錯了。」他轉過頭來對安心笑著說：「女人過了四十就該服老，爭那兩歲不會更年輕。」兩個兒子就當聽見了個好笑話那樣哄笑了起來。

那時兩人還同房，可是不行夫妻之道久矣。她對他毫無指望，坦然地卸妝上床。先睡下的銀俊卻伸臂將她一攬入懷。她埋首他的頸窩，聞到丈夫身上熟悉又陌生的氣味，一陣愛意襲上心頭，正打算原諒對方稍早對她年齡的不當發言，卻聽見銀俊像從前講情話那樣在她耳邊細語：「看我多愛你？你都五十歲了，我還這樣抱著你！」他退後一點，抬起她的下巴，像要親吻她的姿勢，半晌卻只端詳，挪動手指在她臉上輕撫，無限遺憾地道：「看，你的魚尾紋都這麼深了，」又捏捏她腰間贅肉，幾乎是愛憐地道：「你以前穿旗袍那個腰多細！怎麼一下子就胖成這樣了？」

「唉！」未待老婆發作，銀俊顧自歎大氣，幾乎是淒涼地說：「唉，老了！女人到了這個年紀，對男人而言，已經沒有性別，不算女人了。你看，像我們多久沒有做夫妻了！可是跟你在一起不行，跟別人倒未必。唉，像我這樣捨不得你，和你分不開，又做不成夫妻，以後就做親人吧。」

她哭了一夜，除了鼾聲，銀俊再沒有一言相慰。再以後他就像已經跟她表明心跡，兩人達成了共識一般，夜不歸營也不再找理由敷衍她了。

安心的孤單從那時起由白天延伸到了黑夜。也從那時起，醫美診所成了她的救贖和希望。可是她每次跟診所裡的醫師和護士閒聊，卻都聲稱她在臉上、身上所做的一切努力就是爲了每天照鏡子的幾分鐘讓自己看了高興，無須「悅己者」的讚美。那些賺飽了她鈔票的醫美從業人員就大表佩服，說：「安阿姨眞是現代女性！」

安心在中醫診所的化妝間裡磨蹭良久，對鏡顧影自憐。她喜歡這個診所的燈光；明明光度夠強看得清楚，卻又柔和得恰到好處，保留了朦朦朧朧的美感。她老花眼望鏡中人，完全看得出曾有過的花容月貌。安心想：這要帶陳欣玲來看看。她考慮把家裡的燈全換成這樣的。

安心照著鏡子，感覺科技萬歲，雖不完美，臉和身材卻也果然看不出是奔七十的老婦人，只頭髮日漸稀疏沒得救。就她這樣，台北最大牌的髮型師也梳剪不出好看的髮型了，只能勸她考慮戴假髮。同間美容院同樣的美髮師，以前老遊說她染髮，現在又說是染得厲害傷了頭皮才掉髮掉得凶。眞是廢話！早又不說！她四十歲才察覺一點白髮星子時，美容院就要她染。哼！十年前或許還來得及喊停，現在怎麼能不染髮？安心想，現在不染能看嗎？

銀俊和她同年，頭髮白得早，才過三十就花白了。可是他從不染髮。安心那個時候還不大清楚他在外面的事，她自己一開始需要遮蓋幾根白髮的時候，美容院裡要她挑染，用亞麻色把白髮藏起來，說是「造型」。她好意要銀俊一起去「造型」，希望丈夫染了頭髮也看起來更年輕。銀俊壞壞地笑道：「哈妮你自己去吧，男人比較耐看，成功的男人外表不重要，我就算滿頭白髮，女人也一樣喜歡。」

「哈妮」是他們夫妻之間的膩稱，英文「蜜糖」的意思；年輕的時候安心在洋機關裡上班學來的美國派頭；兩人開玩笑似地叫起了頭，也就堅持沿用了幾十年，連吵架的時候都沒鬆過口。安心當時聽銀俊鬼扯，還以爲他說的「女人」是自己，不知道另有許多在那裡排著隊，可能個個銀俊都叫「哈妮」，免得哪天喝多了叫錯，給自己找麻煩。

中醫診所是安心今天的最後一個節目。扎針維持身材的原理之一是敗壞胃口，安心預知今晚不會有食欲，這就要結束一天打道回府了。

陽明山上這幢前後帶著院落的大別墅已經住了二十幾年，朝暉夕陰，風光無限，入夜站上陽台看得到天母商圈的燈火，確實是好地方。可是安心常常想，銀俊把家搬到山上有可能是陰謀；這樣他才好把藏嬌的金屋安排在辦公室旁邊。安心覺得自己四十歲出頭搬過來時還沒有老到讓丈夫像後來那樣肆無忌憚，認爲她人老珠黃沒人要，留在家裡是他念舊，還說老女人都應該感恩丈夫不棄糟糠。

台北也就這麼大，如果自己開車其實家在山上也沒什麼不方便。可是安心已經十年不開車了，上次出那個車禍把她嚇壞了；不過不出車禍她可能還不覺醒，賴在早就沒有贏面的婚姻戰爭中拖死狗。

人家都說八是幸運數字，偏偏她逢八就走衰運。安心想。十八歲她認識了一定是上輩子欠債的郭銀俊，二十八歲她嫁給了這個冤家，三十八歲她發現丈夫婚前就不忠，還傷心過度，把生了兩個兒子以後一直想要的女兒給流掉了。四十八歲老公殘忍地跟她攤牌，說她老了，缺乏吸引力，不當她是女人了。五十八歲她開車翻下山路，獨自在生死邊緣掙扎，發現自己愛戀了一生，說跟她「不做夫妻也是親人」的丈夫原來不如路人！

出那麼嚴重的車禍只全身多處骨折，事後人人都說她命大。那天還是安心五十八足歲的生日，兒子都在國外讀書。她像平常一樣，一個人守著空蕩蕩的大別墅。早上有祝賀生日的花送來家，可是列印署名「銀俊」的卡片上不是往年的「Happy Birthday My

Honey」，而是「恭祝夫人六秩華誕」。她打電話去把花店削了一頓，對方一副很冤枉的聲氣，過了兩個鐘頭居然還打電話回來辯解：「店裡沒有弄錯。」讓安心氣得追著又罵，罵到自己也肝火上升，連午飯都吃不下，打算晚上和銀俊共進一年一度的生日晚餐時再向他抱怨新來的秘書不會辦事。

到了下午有人打電話通知，董事長在工廠開會走不開，行程更改，晚飯取消。她就心情更差。傍晚時獨自喝了點悶酒後想出門血拚，要用一貫敗金的手段來填補她心裡的那個空洞。車一開出車庫，她就撥手機給銀俊說在去珠寶店途中，她會替他買份給自己的生日禮物，預告她要狠花一票讓他肉痛，沒想到才講了幾句兩個人就一如既往的吵起來；她怪銀俊不關心她、冷落她，她生日也不回家，連叫秘書送束花的卡片都亂寫，誰知道他現在在哪裡跟哪個女人鬼混?!

銀俊惡聲惡氣地叫她沒事別吵他上班，他不努力工作她怎麼當花錢如流水的貴婦？生日？結婚前她就知道他家沒有過生日的傳統，這麼多年，他什麼時候要求她替他過生日：「我從不來這一套！誰的生日我也不記得！」

「你知道我們家最重視生日！你以前都幫我過生日！」安心哭起來，「你不來哪一套？你以為我不知道？哪一年外面沒有女人替你過生日？你說！你說呀！」

銀俊在她益趨歇斯底里的控訴下反而冷靜下來，可是他的聲音卻冷得像一塊冰：「哈妮，你知道你的問題在哪裡？就是你不知足！」然後連再見都沒說，倏地掛了電話。那時她單手握著方向盤，對著手機尖叫：「你混蛋！郭銀俊，你敢掛我電話？」人一失神，車子就衝出護欄，翻入山谷。她被拋出車外時，一手還緊緊握著手機。半昏迷中她沒想到打三個碼的求救電話，只一再按通話鍵重撥先前那個號碼，那邊卻不接聽；她的希望一次次被轉接到語音信箱。天色漸暗，初冬的山區寒氣漸濃，滿面血汙和熱淚的安心在昏厥前一直對著手機喃喃訴說：「你這樣忍心？哈尼，你眞這樣忍心？」幸好後來有仗義的路人及時發現撞毀的護欄，注意到有車翻下山谷，她才沒有死在即將來臨的寒夜裡。

以前再怎麼吵，安心從來不相信有一天銀俊會把她當成空氣。銀俊以前多麼愛她?!他們婚前爲這段感情奮鬥了很久。戀愛談了十年，安家始終不同意，兩個人彼此打氣，安心都等成老小姐，沒有行情了，才勉強取得女方家長同意讓他們結婚。安心爲銀俊放棄了去美國留學的計畫；她一個官小姐，當年心甘情願地嫁到一個本地小生意人家裡做「長媳」，安太太爲女兒的選擇哭濕了好幾條手絹。

安心年輕時候的條件多好?!人長得漂亮不說，英專畢業以後靠著父母託人情進了美國新聞處做雇員。雇員雖然不是正式員工，美新處卻是一塊響噹噹的招牌。西元六、七十年代的台北，光說出她工作的地方，別人就知道安心會說英語，洋派、有教養。

一開始父母的計畫是安排安心像姊姊安靜一樣，五專畢業就去美國，可是等安先生親自走訪住在新墨西哥州的大女兒夫婦以後，就有點捨不得小女兒嫁那麼遠。以從不替人關說自豪的安先生費了很大的勁，賣了很多的人情，才把學歷一般的安心弄進美新處當臨時雇員，希望她跟老美同事天天在一起，能把英語練好，如果在台灣找不到好婆家非得遠嫁出國，也別像姊姊那樣在美國的沙漠裡當家庭主婦，最好還是到大城市進學校深造。所以安心沒走姊姊專科畢業就出國嫁人的老路。

安心個性活潑，進了美新處雖然做著像辦公室小妹一樣燒咖啡、影印、接接電話、打打雜的工作，卻別出心裁地訂製好多件那時候台北小姐已經揚棄了的傳統旗袍，一天一套換著穿，一方面宣揚中國文化，一方面也盡顯她青春無敵的好身材，把男男女女洋同事的目光都吸引了。她還學了古箏。耶誕節同歡晚會的時候，安心斜披一頭捲曲蓬鬆的長髮，露出半張臉上的黛眉紅唇，穿著新裁長旗袍，高衩裡露出一雙美腿，展現出東方女性嫵媚的性感，手下琤琤琮琮彈一曲拍子聽起來不夠緊張的「十面埋伏」，迷倒台下一票老美；不到新年，家裡就有洋人來送花。

安太太雖然想女兒去美國，卻矛盾地不希望女兒嫁洋人；她聽說洋人很多只是跟這裡的女孩子玩玩，以後拍拍屁股走了那怎麼辦？覺悟到有女長成，安太太就問女兒有沒有男朋友可以帶回來家來讓父母看看？

安心那時候已經和銀俊交往五、六年了；專三那年寒假兩人同時參加了英專女生和工專男生的聯誼活動；初見那天正好是安心十八足歲的生日，銀俊和她同年同月，生日各在月初和月末；同學們起鬨要他們一起慶祝生日。兩個壽星被拱出去一人出一隻手同扶一把刀切塊小蛋糕，銀俊的大手包起安心的小手，雙雙感覺觸電一般，就一見鍾情，談起了甜蜜的初戀。

雖然一開始是兩小無猜的「小狗愛」，兩人卻連銀俊服役期間都沒鬧兵變，愛情算是經過了考驗。可是男方家庭畢竟不是安太太從小教育女兒要找的，跟她家世匹配的官宦世家，安心就一直不敢讓父母知道她已經情有所鍾。很快兩人年紀到了適婚年齡，安心又進了洋機關，天天打扮得花姿招展，口吐英語，銀俊卻只在自家工具廠跑業務，騎著機車風吹日曬，有時候還碰上老派客戶敬菸、敬檳榔，粗言穢語「博感情」，那時他也自覺口中吐出的方言不上檯次，不免對天天上班要講洋文的女友越來越不放心，就也老催著要把兩人感情過明路。安心兩邊受壓，聽見媽媽問起男朋友的事，就把銀俊給帶回了家。

「名字不好聽！郭銀俊。銀俊？什麼典故？」客人前腳才告辭，屋子裡的安太太已經皺眉揚聲表示看法。

「人家長得英俊嘛！父母可能想謙虛一點，所以借個同音的字叫銀俊。」安心搶白媽媽：「那安靜、安心又有什麼典故？我和姊姊的名字老讓人開玩笑。」

「什麼英俊？桃花眼！男孩子唇紅齒白不好。我不喜歡，眼睛太靈活了，你以後會吃虧的。」安太太看著丈夫，用目光催促安先生發表意見不果，就直接點名，「爸爸說呢？這個人也不打算出國。」

「學歷差了點。」安先生說，「在家裡做事情，一個小工廠，出息不大。」

安太太得到丈夫支援就拍了板：「女孩子出嫁以前交幾個朋友，多挑多看沒有錯。這個姓郭的男孩不要走得太近了，也不要再帶到我們家裡來玩。」

銀俊第一次到安家就被「斃」不但沒有打擊他的追求之心，更激起了鬥志，加倍熱情進攻，轉入地下的約會反而愈加危險刺激。銀俊血氣方剛，對女友不停地試探，要求更進一步的關係來保證他們的愛情。安心外型冶豔，家教卻嚴，雖然認定了良人，在婚前卻一直緊守最後防線，不許銀俊逾越雷池。

「這事不能怪我，你又不肯。」後來爆出婚前就發生的婚外情時，銀俊面無愧色地說：「我是個正常的男人，你都讓我等到了三十歲，我難道沒有需要？」

銀俊對年齡的算法永遠和安心的兜不攏，他算的虛歲總比安心算的實歲多「二」。可是不管安心守貞到她算的二十八還是銀俊說的三十，反正外面的孩子比安心和銀俊的老大都大了四、五歲是鐵打的事實。那個女的是銀俊家工廠的小會計，比安心還小四、五歲；這兩個人的關係和孩子的存在，除了安心本人，郭家全家，包括老員工和走動得勤的親戚都知道，根本不是祕密。一開始安心的閩南語啞啞烏，小倆口婚後住在外面，偶爾造訪婆家，也有粗心的親戚忘了要瞞，就在安心面前提起那對常在眼睛跟前轉的母女，安心居然有聽沒有懂。漸漸地郭家人就鬆懈了防範。安心做了十年的台灣本省媳婦，就算不和公婆住在一起，對閩南語也漸漸有所領悟，這種事她能上十年說不知道就不知道也眞不可思議了。

最後穿幫靠的還是婆家內部矛盾；那時正好是她第三度懷孕，高齡三十八的產婦做了穿刺檢查，早早就知道是在生了兩個兒子之後盼望著的女兒。銀俊對她特別好，她一想到一個好名字就打電話到公司找他，多忙他也接電話，跟她有商有量的。

說穿祕密的人是銀俊的小妹。這個小姑因爲分家產的事情正跟身爲長孫，在祖父去世分地產時獨得了所有好處的銀俊嘔氣。小姑子後來辯解自己是一時說漏了嘴，可是也不能排除當時在氣頭上蓄意報復，故意揭發陳年舊案，要把兄嫂家鬧得雞犬不寧。

「你哥最喜歡女兒。」那個時候安心工作的美新處已經因爲台美斷交關張大吉，兩個兒子也都上小學了，安心做了一陣子的家庭主婦正感覺無聊，興高采烈地準備迎接意外之喜的老三；她一面織著將來要給女兒的粉紅色小毛衣，一面和來家串門子的小姑話家常。

「算了吧，」小姑不屑的說，「郭小美小時候他抱都沒抱過，說女孩子小便在他身上他會倒楣。」

「郭小美？郭寶珠的女兒？」安心立刻留了神，那女孩小學要畢業了吧，不久前還在婆家見過，五官長得跟眼前的小姑可不是像？怎麼沒留意到她也姓郭！是從母姓？還是丈夫也是郭家的什麼親戚？是啊，怎麼沒有聽見提起過她的丈夫？

安心婆家原來是台北近郊的菜農，後來就成了小地主，又托福國民黨敗走台灣，台北地價飆漲發了家；原先是黑手學徒的老太爺後來又開了工具廠，工廠就蓋在祖傳的菜地上，占地甚廣，住房和工廠共著外圍牆，年輕的會計小姐碰巧也姓郭，不知道有沒有點瓜葛親，卻常常見到帶個小女兒過來東家住家這邊走動；安心記得好像小美小的時候，郭小姐上班，安心婆家的幫傭還替她帶小孩。安心很少去婆家，去了看見會計小姐的孩子在屋裡跑還以爲是東家特別照顧忠誠的心腹員工呢。

小姑見她驚愕的神情，馬上站起來告辭，走到門口還再三說：「嫂嫂你別胡思亂想，我沒說小美跟我哥有什麼關係。」

安心越想越奇怪，拿起電話就打到公司找郭小姐，劈頭就問：「小美的爸爸是誰？」那邊一片沉默。

「小美的爸爸是郭銀俊嗎？」安心用發抖的聲音問，「你丈夫也姓郭嗎？是我們家的親戚嗎？」

「我不知道，」郭小姐的聲音也發抖了。她聽起來挺心虛地說：「我很忙，你自己打電話給郭總。」那個時候銀俊已經接管家族生意，還擴大了規模，把原來父親留下的一個廠做得蒸蒸日上。

這跟說「是」有什麼不同?!安心自己哭了一會，想想又不敢立刻去投娘家；別說這會安太太正在牌桌上不能被打擾，她媽媽這丈母娘就從來沒喜歡過這個女婿，要是聽說結婚前可能就有私生女，那還得了?安心抽著鼻子打電話找銀俊，那邊接電話的秘書說郭總開會，過一個鐘頭打，他還開會，再一個鐘頭，都該下班了，那邊還說他開會。

她打到婆家找婆婆，幫傭說頭家娘不在，不知道什麼時候回來。安心感覺那邊警報器響了，上下警戒全員備戰，只有她是孤軍。

銀俊很晚才回家，看到坐在客廳等著興師問罪的大肚老婆，虧他還能微笑以對。

「哈妮，」他喊她，「還沒睡？想吃宵夜嗎？我出去買給你。」

安心委屈地說：「今天你小妹——」

「聽那個瘋婆子胡扯！她曉得個屁！」銀俊忽然換了一副兇神惡煞的嘴臉罵起自己妹妹，「要聽她講的話，屎都可以吃！哼！依照她，我工廠和公司都要分她一份，她老公還要進董事會呢！對她已經夠好了——」銀俊整個兒地轉換了話題，持續數落妹妹，說是別人家的女兒都只能分點現金，他們家對女的已經夠好了，連房地產都給了她一份，現在居然工廠的地、廠房、公司都想染指。

「好了，好了！我們家的事你就別管了。」銀俊最後用極不耐煩的口氣總結：「我不像你，有時間整天在家胡思亂想，我在公司累了一天，我要洗澡去睡覺了！」一邊說，一邊向臥室走去。

安心不依，跳起來扯住丈夫大叫：「不要走！你告訴我，郭小美是不是你和郭小姐生的？」

也許一輩子都不該問，知道了怎麼樣？也許就像銀俊後來跟她說的，很多事不知道比知道幸福。如果那是她捅的第一個馬蜂窩，後來她才發現身邊人豈止「招蜂」？她根本就嫁了個養蜂的人。

她哭鬧了很多天，明知道對肚內胎兒不好，也止不住悲傷和心痛；他們結婚才十年，他卻有一個十三歲的非婚生女。結婚前三年不正是他們戀愛的最高峰期？她還記得那個時候他們有多要好，除了她要爲婚姻守貞，她哪裡不讓他溫存？

「笑死人了，哈妮，」銀俊挑起一雙濃眉，痞裡痞氣地告訴她：「摸來摸去最後卻什麼都不能做對男人只是折磨，你懂不懂？是我在克制犧牲耶，我太愛你了，不忍心強迫你、傷害你。你不是小女孩了，我問你，這種事做一半是誰在爽？」

所以依銀俊的邏輯，他是被對她的愛情「折磨」到去找了剛好在身邊的倒楣會計小姐來解決問題，副作用是出來一個大活人，等她發現的時候已經十三歲了；銀俊還說自己父母當時給了郭小姐一筆讓「大家」滿意的遮羞費，還答應以後出嫁時替郭小姐另外添妝，小美反正將來要嫁人，這之前誰家養都一樣；如果姓郭，郭家在養育費之外，還會負擔日後的嫁妝。後來人家郭小姐果然帶著小美好好地嫁了個門當戶對的丈夫。郭家出的養育費不薄，是一筆當用的額外收入，夫家認爲小美帶財，沒人把小女孩當拖油瓶歧視。小美從小一直知道自己有兩個家，兩邊都對她很好，成長得很健康，都要上國中了，眞是一切圓滿。

安心不是省油的燈，這個結果並不讓她覺得「圓滿」。她又吵又鬧，威脅要動用她娘家的關係去查銀俊公司的帳，又說要叫自己弟弟安亦嗣來揍姊夫一頓。銀俊起頭還哄哄她，後來就跟她對吵，再後來就神隱不見，連電話都不打回家。鬧了兩三星期，正在安心不知要如何收場的時候，她忽然大量出血，緊急送醫；大人還好，四個多月的胎兒流產了。

銀俊對這件事表示很生氣，他說自己一直期待著這個愛情結晶，現在沒了，安心也已高齡，他和她這輩子是註定沒有女兒的了。不顧安心已經傷了身子更傷了心，他自顧自地描述他們那個永不會誕生的女兒會有她的臉型和嘴唇、他的眼睛和鼻子，本來會是一個迷倒衆生的大美人，可是這下全沒了！他們今生的這個莫大遺憾都是因爲她不是一個好媽媽，沒有小心呵護腹中胎兒！安心非常迷惑，這一切的不幸竟然是她的錯？她心裡痛著，不知道銀俊這樣在兩人的傷口上撒鹽算是怎樣的愛？

流產以後需要調養，夫妻遵醫囑暫停房事。安心心裡恨著，就故意冷落丈夫，擺出冷冰冰的臉色。可是這架子一端好像就下不來了，而銀俊竟始終沒來求她。事情一下過了一兩年，安心感覺她杯葛丈夫的時間已經長到她沒辦法不講和了。

那天晚上安心厚起臉皮，穿著新買的薄紗睡衣依偎過去。銀俊一面皺眉一面笑著閃躲，看她面露不豫，又迎向前抱住她，先在她臉上親親，又摸摸她的背脊和頭髮，壓低聲音在她耳邊說：「哈妮，跟你說個祕密，我不行了。」

安心驚疑不定，喃喃地說：「怎麼可能？你才四十歲……」

銀俊把笑容一斂，歎氣道：「過年我就四十二了！」他放開手，側身仔細端詳安心，研究了一下她的表情後又歎一口氣，一面將頭枕她肩上，用淒涼的調子幾近撒嬌地道：「可能的，怎麼不可能？這種沒面子的事情怎麼會騙你？哈妮，哈妮，你會不會這樣就不愛我了？」

安心痛心地回摟住丈夫，說：「怎麼會呢？怎麼會呢？你把我看成什麼樣的人了！」她連本想建議銀俊去看醫生，和抱怨他愛應酬，喝多了酒的嘮叨都心疼得說不出口了。

安心原先對銀俊婚前就有私生女，還全家一起隱瞞她的事無法消氣。哪知這麼一件大事竟被突如其來的流產悲劇蓋過。流產康復後安心故意不和丈夫親近，處罰銀俊的不軌。誰知一切心機又都是白費，她的片面杯葛完全無效；她才勉強接受了小美存在的事實，收起對未出世女兒哀悼的眼淚，居然就來了個丈夫不能人道的壞消息！

眞是一波未平，一波又起。可是夫妻在床上成了君子以後，床下也越來越客氣，從「相敬如賓」進展到了「相處如冰」。像海浪衝擊岩岸，大石被磨成了沙灘上的細沙，再又被海水帶入大海，不知所蹤；時間也把兩人之間的衝突、矛盾、憂傷、齟齬和原有的恩愛一起逐漸化去。

丈夫和安心之間的對話越來越簡短，到後來除了安心偶爾想到新仇舊恨，會算總帳似地發作一番，雙方基本不拿對方當聊天的對象了。銀俊藉口公忙，一星期有六天不在家吃晚飯，不過那時孩子小，基本上還感覺爸爸是住在家裡的。

銀俊的事業隨著台灣經濟發展，越做越大；兩兒子上小學以後，他說小孩喜歡游泳，大手筆買下有私家泳池的別墅，把原來在安心娘家附近的家給搬了過去。

裝修那個二手大房花了安心很多時間和力氣；房子大，總是這裡要修修、那裡要弄弄，雖說是富家，家裡卻幾乎長期有修繕工人進出。銀俊在家是甩手老爺，除了按時把家用打進帳戶，大小家務事一概不理；安心雖然無須外出工作，管理偌大一個房子和接送那時還上學的兩個兒子就夠安心忙的。忙碌也是一種過日子的方法，在兩個孩子出國讀書之前，安心生活的重心就是這個家，她並沒有時間想太多。直到孩子先後出國讀書，已經習慣家裡男主人只是個影子的安心才在美容院看到婦女雜誌上說：有外遇的丈夫回家會提高戒心，和妻子能不互動就儘量不互動，免得話說多了會洩露蛛絲馬跡；所以不忠的丈夫在家會像整個人包了一層防護膜，讓妻子感覺疏離。

安心想：銀俊是什麼時候開始不主動和她說話了呢？她和銀俊的愛情像一隻在鍋中待煮的青蛙，等到鍋子裡的冷水逐漸加溫到沸騰，早已不知不覺地死了。

台灣多雨，山坡上的房子建得再結實，地基微移的情形也會隨時間惡化，如果不幸引起管線破裂一類的基礎問題，就要拆屋大修。安心就在銀俊跟她表示「只能做親人」以後幾年，一家人住了快二十年的房子也破敗到需要推倒重建。安心透過銀俊也認識的建築師，找到了做室內設計的欣玲。

那個時候安心進入更年期，脾氣開始有點陰晴不定，不像以往待人親切，本來女性設計師單只未婚一項就犯了安心的忌諱，幸好接觸後感覺也就是個快四十的老小姐工作狂，不足以懼。加上銀俊特別不喜歡欣玲的設計，看見草圖就挑得一無是處，見了本人也冷淡得近於厭煩。

欣玲不像安心從年輕時候起就是銀俊向來欣賞的高䠷豔女；她是個肉感的小個頭，不過面容長得算清秀，玲瓏的五官安在一張圓圓的小肉餅臉上，猛一看像個小女孩，日光下看就發現洩露實際年齡的眼袋、粗大毛細孔、皺紋一樣不少。欣玲第一次和安心見面，就嘴裡甜出蜜來一般盛讚女東家保養得宜，說是看起來比小了不止一輪的自己還年輕，更表示羨慕安心的高個子和細白的皮膚，安心看她羨慕得由衷，添了幾分好感，最重要的是欣玲態度巴結，收費合理，不擺藝術家派頭，隨安心把設計圖紙改來改去，安心就決定聘用。偏偏平常對家裡事情不插手的銀俊對欣玲的設計表示反感，才瞄了一眼圖紙就打槍否決。

安心不耐皺眉道：「我到處比價比設計，和多少設計師開了多少次會才決定用這個女的。家裡這麼大的事情你什麼都不管，現在已經做了決定你又來囉嗦？」

銀俊幾近冷笑地說：「不要我管那我就不管，你做的事你負責，記住是你不要我管的，以後不要生氣找我麻煩就好了。」

銀俊自此對家裡重建和裝修的事避之猶恐不及，還沒開始施工就提前搬去在市區的郭家跟母親住；他吃準老婆不會願意跟他回去做媳婦，還故示大方要安心一起搬。兩個兒子那時已經在國外，安心五十幾歲的人了，平常和婆家也不親，這時候當然不肯去做老媳婦，就也暫時搬回娘家，藉機陪伴自己父母。

房屋重建工程邊建邊改，拖了兩年多才全部完工，夫妻在那段時間裡等於分居，雙方父母除了早一步登仙的安老太爺，其他幾位也在那兩年內先後老病歸西。銀俊事業版圖也擴張到大陸和東南亞，岳父母的事情他自然全不操心，甚至丁母憂也沒有讓他放慢腳步。安心留在台北，又要修房子，又爲了婆家、娘家兩邊老人輪流跑醫院、安養院，後來又逐個辦喪事，忙得腳不沾地。

自願把朝夕相見的期望從婚姻中抽離後，安心感覺和丈夫之間竟然重新得到久違的和平。兩人雖然還是難得見面，需要知會的家務事卻不少，就常常通電話。話題一旦跳脫見面時間分配、關心與否，和丈夫愛家愛妻的具體表現，安心也就如銀俊所願成了他要的那個沒有性別的親人。他們不再一說話就吵誰對不起誰？誰愛不愛誰？他們只各司其職，張羅家務，活在當下的瑣碎之中。

在爲了修屋而分居的非常時期，安心和銀俊的夫妻關係達到一種昇華的穩定，安心「郭太太」的位置固若磐石，不受任何外面女人的威脅，幾十年來她首次有足夠的自信，感覺自己在丈夫的生活中無可取代：她是郭家訃聞上「泣血稽首」的孝媳，他是安家訃聞上「拭披頓首」的孝婿。而且夫妻既然不住在一起，安心也就不覺得有必要像隻獵犬那樣嗅著、聞著、追蹤著不回家的丈夫行藏。兩造從二十幾年前「私生女事件」爆發以後首次眞正地冷靜下來，如是也就達到銀俊理想中老夫老妻的關係：不論風月，只談家庭。他們不再像紅了眼不能和對方好好說話的仇人，有名無實的夫妻之間最容易引起共鳴的話題是孩子，其次是父母的大事、親戚對紅白事的反應和評語。甚至他們那個正在翻修中的「家」，銀俊以前從沒表示過興趣的，現在既然不必每天回去，就也能勾起他一二談興：

「他們眞不怕花我的錢啊！拆了蓋，蓋了拆。不過還好有你跟他們去打交道，不然換我就抓狂。現在只要告訴我什麼時候可以算做完，我就謝謝了。」銀俊聽起來心情不錯，他最近跟模具同業合作，跨行電子加工，擴大了生意規模，很是志得意滿，重修房子算花小錢，早不放在心上，只不忘嘴上念叨幾句點出自己是金主。

「設計師說主臥本來的設計是整層樓，現在蓋完卻發現中間的樑柱太大，天花板到那裡降低太多，建議建築師把主臥蓋成兩間打通，中間天花板低的部分做成男主人和女主人的更衣室，」安心向銀俊報告，「建築師說這樣設計很好，可以省很多工。」

「好呀，欺負我們老夫老妻，叫我們分房？」銀俊沒個正經地怪笑道，「是不是你告訴人家我不行了，和你不一起睡了？」

「你無不無聊！」安心對丈夫自以爲的幽默一點不領情，不高興地說：「分成兩間可以當成男女主臥，也可以當成主臥和書房、運動房。人家設計師管你分不分房？你如果有意見就早點講，沒有意見我就叫他們做成男女主臥了。」

設計師陳欣玲說兩邊一分差不多等大，像安心原先想的那樣一間做成運動房可惜了，裝修成對稱的兩個男女主臥是歐美貴族的流行。欣玲拿來很多雜誌給安心參考，一直慫恿她採用「他的」和「她的」房間，中間重重隔開夫和妻的是「他的」和「她的」衣帽間，以及一個碩大的主浴。

「我可以拿圖紙過來給你看。」安心告訴銀俊。

「不必了，你辦事我放心。」他明顯打算結束談話，說了句閩南語：「好了啦，你歡喜就好！」

「喂，等等！」安心卻還不捨掛電話，又扯一個話題：「陳小姐買家具把設計師的折扣都讓給我們了，叫我自己去挑，這樣省了不少錢噢。她這個人眞的不錯。她跟我說她要是以後能住這麼一間房子，她這輩子做人就沒有遺憾了。」

「哈妮，做夫人要有做夫人的命格，」銀俊似乎還在開玩笑，可是聲音裡卻帶起一絲嚴厲：「你叫她別作夢了！不是每個人都像你這麼好命。好啦，不跟你囉嗦了，再見！」

「討厭！」安心啐道。可是那邊已經嘟嘟嘟地斷了線。她心裡空落落的，房屋重建的這件大事已經到了尾聲，搬回「家」以後她還找得到這個讓她做「夫人」的丈夫嗎？她想起安太太從前爲小女兒「下嫁」本地菜農家庭而痛哭，不曉得地下有知看見她將入住嶄新的大別墅，會不會高興女兒「嫁得好」？

別墅落成入厝的那天，銀俊回來了。他開了輛新買的英國牌子越野四輪驅動車，大聲吆喝要人幫忙，看見安心走過來，從車上拿了幾套西裝給她，一面說：「這車怎麼樣？住山上就要開這種。」

安心感覺收到丈夫會搬回家的暗示，喜孜孜地抱著西裝上樓去掛，厚毛料摩挲著她的下巴，像初吻時扎著她嬌嫩臉龐的銀俊的鬍渣子。

「就這些？其他的呢？」安心看著空蕩蕩「他的衣櫥」中她捧上來的幾套西裝和他自己拿來的幾件襯衫、內衣就問丈夫。

「不夠嗎？還要什麼？」銀俊以問代答後就四處遊走參觀新家，一面發表評論：「弄起來以後還不錯。你那個陳什麼總算做了件好事。」他走進自己的房間，笑嘻嘻地說：「這我房間啊？咦，這邊跟你那邊還是通的嘛，你晚上假借上廁所就可以隨便過來哦。」他試了試兩間主臥中間的浴室門，一面說：「我安不安全呀？這個門能不能鎖啊？」然後爲自己的幽默大笑了幾聲。

安心聽了就不大高興，還來不及變臉斥責，銀俊忽然把笑容一斂，說：「沒事我走了。」

「晚上回來吃飯嗎？」安心脫口問道。

銀俊茫然望住老婆，一會說：「雖然讓我花了不少錢，這兩年還是辛苦你了。你就好好享受這個大房子，也算是苦盡甘來。哎，我哪有你命好？我不趕快回公司努力上班，誰讓你住豪宅？」

以前銀俊一星期還有一天在家吃飯，別墅重建後，他沿工程期間兩人分居的舊制，連那一天回家吃飯也免了。不過既然新房子裡有他一間房，他也就偶爾回家睡覺，只是她的主臥和他的主臥之間做分隔的浴室實在太大了，哪怕難得的那一天他睡在家裡，安心都感覺和銀俊離得像中間有條沒有喜鵲來搭橋的銀河一樣遙遠。等到她衝動地去丈夫公司打了人家女職員耳光，像是處罰她撕破臉，夫妻吵完那一架之後，銀俊就把偶爾回家住住的一條也給刪除了。後來兒子們從國外回來，先後也只在新修的大別墅裡住了一陣，結婚後就搬出去在市區自立門戶。安心費心費力的爲家蓋了一棟金屋，結果只是把自己給關在了裡頭，年復一年，寂寞地過著。

車禍讓安心在病床上躺了很久。她那個時候眞是心灰意冷，想哪怕快六十了，這種丈夫有和沒有有什麼不同？還不如離婚乾脆！可是銀俊在她住院的時候卻常來探望，並不比兩個兒子少殷勤。回家以後雖然請了兩個看護輪班照顧，銀俊也每天回家，有時還讓行動不便的老婆坐在輪椅裡親手推進推出。可是安心感覺一切都太遲了，她的心被傷碎了，她算了總帳，牢記他的一筆筆無情債，感覺再愛這個男人也絕不能原諒他了，就幾次硬起心腸提要離婚。

銀俊把臉湊近，看著她的眼睛，嚴肅地說：「哈妮，我知道你是愛我的，我也不是那種沒良心的人。離婚的話不要隨便說。你雖然這麼老了，放心！我還是會留著你的。」

以銀俊自己的算術，他可不是個「六旬老翁」了？那張曾經清俊的臉龐胖成了一張打著橫紋的燒餅，滿頭白髮下原先英挺的眉型雖然未變，可是長出了幾根長長的白色壽眉像垂柳一樣隨講話的節奏無風自動。他老拿女人臉上的魚尾紋說事，怎麼不看看自己呢？原來俊秀的雙眼皮下垂了，把年輕時被岳母嫌棄的桃花眼尾一遮，成了兩只有點凶的三角眼，象徵財富的懸膽鼻頭上面毛孔已經粗大得成了酒糟，以前讓異性心跳的瀟灑笑紋成了深刻的法令紋。

「只有我老了，你沒老？」安心反擊，「你早就不把這個家當家了，你留著我做什麼？」

「做大老婆呀！多少人想要這個位子？」銀俊像年輕時那樣壞笑起來，「六十歲的人了火氣還這麼大！不要擔心，你永遠是我兒子的媽，我的髮妻，唯一的合法配偶。」

如果是車禍之前，安心又會被氣得哭，現在她聽見這些賴皮話，只覺得面前樣貌陌生的老頭無恥，脫口罵了句：「不要臉！」卻再想不出什麼更厲害的話了。

銀俊看老婆日漸康復，又有力氣跟他吵嘴，就單方面恢復他不回家的「正常作息」，招呼都沒打一個就不見人影了。安心還是這個男人合法配偶的證據剩下一個由他公司會計按月轉帳，幫老闆把家用錢打進去的銀行戶頭。

安心的姊姊安靜利用隨夫在大陸講學的機會，特別繞路回來台灣探望受傷初癒的妹妹。安心向姊姊哭訴自己嫁了個不回家的人，說自己跟她們以前叫「大媽」的父親下堂妻一樣是在守活寡。

安靜表示大媽當年替父親盡孝，奉養公婆，經濟大權又在其實是二夫人的她們母親手上，是值得同情的空閨怨婦，安心卻是清靜貴婦，令人欣羨。安靜誠懇地說：「我嫁給你姊夫四十多年，感謝天主，我替他生了六個，洗衣煮飯養小孩，一輩子跟他伸手，花每一塊錢都要他同意。現在你先生不來煩你，你要買什麼或去哪裡他都不管，感謝天主，這樣的Job到哪裡去找？」

安心呆呆望著一回台灣最喜歡逛夜市找便宜貨，十足十是位華僑老太太的姊姊，張口結舌，不知道要應什麼。姊夫是比姊姊大很多的旅美學人，本來在國家級的實驗室做研究，退休以後常常應聘到中國開會講學順道旅遊，姊姊家雖然不如妹妹家富裕，可是老夫老妻日子過得好不逍遙，尤其到哪裡兩個人都是儷影成雙，讓安心一直很羨慕。她沒有想過姊姊把做人家老婆看成一個「Job」，說起來安心的這份工作工資比較高，老闆又放手，竟是姊姊心中一份「優差」。

幸運地安心這場大車禍沒有留下後遺症，婚也沒有離成。原來她是鐵了心要離開不忠實的丈夫去追求現代女性的獨立生活，可是她本來也就獨自生活著不是嗎？像那些拖著不結婚的戀人對問婚訊的高調回答：結婚不過是多張證書。安心想自己的離婚也不過是多張證書而已！難道有了那張紙就能禁絕她對負心人的牽掛嗎？何況，留著她「郭太太」的身分也算是個「社會地位」。安心算想通了，她決定對丈夫「放手」，把心思都放到兒子身上：什麼都是假的，替兒子好好爭取，「錢」到手上才是眞的。

「你能花多少錢我不知道？一個鱷魚皮包再貴要不要一百萬？」銀俊雖然發了財，畢竟是從中小企業起家的精明生意人，「不要跟我來那一套！該給的不會少，我不會讓自己老婆沒錢花，你別自以爲聰明做得太過分就對了。」

可是兒子是他的弱點，聽說他外面生的都是女兒，只有一個還小的是兒子，根據安心的「消息靈通人士」，也有謠言銀俊懷疑那個不是他親生的。知道銀俊看重子嗣，安心就用兒子名義買豪宅，還替他們包裝修，全部弄好了，再要兒子過去看，慫恿他們住新屋。

「又替老大買房子？老大買完，你又說對小的不公平，又要買。台北的房價就是被你這種人推高的！」銀俊在電話裡吼她，「他前面那兩棟怎麼不先賣掉？你不是說會賣了再買嗎？」

夫妻不見面，她現在連他今晚睡在哪裡都不知道，只能在他願意接她電話的時候堵住他，提出要求。既然有所求，安心就耐下性子跟他解釋，說政府打房，課奢侈稅，房屋滯銷。她正在找陳欣玲重新裝修兒子搬出後的空房，一面等待市場復甦，能賣好一點的價錢。

「你和那個陳欣玲倒是情同姊妹，你眞聽她的話呀。」銀俊冷笑道，「告訴你，你去把房子退了，你等房屋市場復甦，我等哪裡復甦？我會告訴陳欣玲離你遠點，不要爲了賺你幾個設計費，叫你一棟接一棟的買房子。」

「房子是我買給兒子的，你去跟陳欣玲講什麼？」安心說著自己感覺有點心虛，「你們又不熟！」

「哼，你去問她熟不熟？」銀俊的聲音更冷了，「好了，你不要煩我了。你知不知道現在全球經濟不景氣？把上億的房子當皮包買，你們以爲我印鈔票嗎？」

那邊電話突然斷了。安心很生氣，可是銀俊摔她的電話已經是家常便飯，虧得她從前還爲了被他掛電話，氣憤狂亂到開車衝入山谷。現在她不跟自己過不去了，她知道馬上打電話過去他不會接。等明天，她會磨到他拿錢出來的。安心告訴自己沉住氣，自言自語道：「你跑不掉的，等明天再打給你也一樣！」

第二天天還沒亮，家裡電話催魂一樣地響起來，是醫院來的緊急通知，銀俊中風。她和兒子們趕到的時候，居然看到陳欣玲焦急地守在急救室外面，兩個女人遠遠四目一交，安心感到一盆冷水從頭澆下，可是心中忽然雪亮：怎麼從來沒有懷疑過她！

醫護人員向母子解釋有多年高血壓病史的病人腦血管破裂，情況危險，需要插管，請她在同意書上簽字。安心鎮定地說：「我們夫妻都簽過放棄急救。」

欣玲忽然跑過來說：「請你一定要簽字，你要救他！」

安心很想像以前打銀俊其他情婦那樣給欣玲來一巴掌，可是她老了；按照銀俊的算術，她已經是七十歲的老婦人了。也許夫妻真的是一條被不蓋兩樣人，安心聽見自己冷冷地，像極丈夫常對她說話的那種語帶不屑的口氣：「他昨天晚上在你家過夜？」

欣玲啜泣著說：「他很少來我家。每次來都只是怪我叫你買房子那些的。」

安心恨極，想這個女人居然利用自己母子去激怒銀俊，好讓他去找她？口中卻問：「你工作室的房子是我們家的？」

欣玲哭道：「你們趕快簽字救救他吧！房子我可以不要！」

這時候兩個兒子也大概猜到是風流老子收編了母親的設計師女友，可能他們老爸還吃了什麼不該吃的藥，凌晨奮戰以致倒臥香閨，情婦送醫卻無權簽字，通報家屬趕到，桃色糾紛就在醫院走廊上揭了鍋。兒子趕緊過去說：「陳設計師，你先回家吧。這裡我們家自己會處理。」

「你們在一起多久了？」安心記起銀俊十幾年前對她首次找欣玲裝修房子時的警告，想到欣玲不但背叛朋友，根本當初接近她都不懷好意，一下失了理智，怒聲道：「你們一起騙我，難怪他叫我自己負責，說我找你以後生氣活該！」

「你放心，他早嫌我老了，我認識你的時候他已經不想理我了，」欣玲哭得更淒慘，「他只有要罵我的時候，才會來找我。郭太太，我們也是十幾年的朋友了，女人何苦難爲女人？他是你丈夫，我什麼都不是，連做女朋友他都說我年紀太大了！你就救救他吧！」

安心忍不住了，奮力一個巴掌甩過去，瘋狂地喊起來：「你們叫她滾！」

欣玲藉勢跪下，拒絕了安心兒子要把她拉起來帶走的手勢，繼續哀求：「你簽字救救他！你簽字我就走。」

「你跟誰演戲？你自己不要臉，我們家還怕丟臉！」安心狂怒，「他昨天晚上在你家裡出的事，我們要追究你的法律責任。」她轉過頭來罵醫院的人：「這種閒雜人等你們醫院怎麼讓她來？還讓她一直在這裡打擾病患家屬？」

有兒子和醫院警衛雙重護駕，安心成功地在打了一巴掌解恨後，趕跑了那個假裝跟她做了十幾年朋友，其實意圖染指她男人的資深狐狸精。

可是那不是安心身爲銀俊元配的最後一役。雖然不十分清楚銀俊外面那本風流帳，可是安心一手送走娘家、婆家幾位老人，辦喪事有經驗。她布下天羅地網，絕對不讓任何沒有法律做後盾的女人、孩子來到銀俊的靈堂向她示威；人活著的時候她固然不知道今晚丈夫夜宿何處，現在那個冰在盒子裡的屍體卻絕對要完全屬於她！

安心不是不講理的人，她把郭小美的名字加在訃聞上，讓銀俊身後有兒有女，有內孫、外孫，還讓小美和媳婦、兒子輪流守靈，順便防止不相干的人靠近。銀俊是她的初戀，也是唯一的愛人，本來應該悲痛欲絕，可是她的整個婚姻生活都在和外面那些看得見和看不見的第三者纏鬥，現在上風終於吹到了她這邊，她必須打起十二萬分精神來確認自己的最後勝利，安心只能暫時把悲傷放下。

喪禮很低調，不但家祭的地點和日期保密，連墓地所在訃聞上都隱祕未提。到了公祭那天，公司員工和各界人士都要來致祭，報上也刊登了公告，照理說應該難以防範，安心卻設立了三層檢查哨：禮儀公司的人員先要求來客出示白帖，核對姓名，然後保全公司再負責攔下看起來形容特別哀戚的女人，尤其帶著孩子的更屬可疑人物，最後安心再派出自己的弟弟去逐個盤查有嫌疑的客人身分。失禮事小，她不求「勿枉」，可是要求務必做到「勿縱」。她告訴兒子和他們的舅舅，如果一切的防堵失效，有來路不明的女人哭靈，她立刻就打手機報警，告那個女人和她的亡夫通姦！她聽見弟弟離開休息室時跟兒子們耳語：「你媽瘋了！傷心到頭殼壞去——」可是她當天要辦的事太多了，沒有時間計較閒言閒語。事實上喪禮整天安心的神經都爲提防可能「來犯」的情敵繃得很緊，連哀悼的情緒都沒有。

等到出完殯，安心回到家，打發了兒子們後四顧一望，家還是那個她親手裝潢修建，一几一椅挑選回來的大別墅。她前後走來走去，完全沒有發現會觸動她未亡人心情的角落。她想自己早就在過去的三十年裡分期預付了今日的冷清和傷心，現在反而算是難過到了頭，感覺也就是比平日忙的一天罷了。

安心信步走上樓，想起重修落成，她曾親手替銀俊搬進來幾套西裝，可是那些衣物放了幾年未動，已經被她捐掉，好空出地方放她自己的東西了；偌大一個容人更衣的「他的衣櫥」被她這些年心情不好就出去血拚的成果塞滿，一件男人衣裳也沒有都多少年了。

安心幽幽地歎了口氣，有可能是終於忙得告個段落開始起思念亡夫，卻更像累了一天如釋重負。不管怎樣，自認守了多年活寡的安二小姐，在六十八足歲時成了名符其實的寡婦，她雖然感覺若有所失，心裡卻又很踏實；餘生她會繼續信守畢生唯一愛的承諾，卻不會再為背叛而心碎流淚了。

二〇一二年六月十八日定稿

獨夢

雖然只是一水之隔，這一帶和台北市比起來的確像鄉下；除了長途巴士站牌旁有零星商店，公路到了這裡，基本走入稻田。離開站牌，沿著大路下去百把公尺右轉，遠處看見丘陵起伏，放眼望去低矮的山頭一片綠意，腳下信步走，柏油路面變成了黃土混碎石的鄉村小路。路的盡頭孤零零站著一幢黑瓦灰牆的平頂洋房，鐵柵門上掛了一個黃木信箱，上書兩個大黑字：「安宅」。

安家剛在中和住下的時候，台北市的公共汽車只開到永和鎮的大橋邊；日後號稱全台灣人口密度最高的「雙和」區——永和和中和，是市公車都不通的偏遠地帶。利用大眾運輸系統來往當時還叫「鄉」的中和，要先到台北車站轉乘跑長途的公路局班車。交通不方便，明明是都市近郊卻成了偏遠地區；安家老小搬到中和鄉以後，拜客輕易不來訪，住戶等閒不出門，安老太太心情不好的時候就抱怨兒子安居聖從南京到台灣幾年，官越做越大，卻領著二房住台北官舍，把二老和元配母子放逐在中和鄉，形同幽居。

雖然只是一水之隔，這一帶和台北市比起來的確像鄉下；除了長途巴士站牌旁有零星商店，公路到了這裡，基本走入稻田。離開站牌，沿著大路下去百把公尺右轉，遠處看見丘陵起伏，放眼望去低矮的山頭一片綠意，腳下信步走，柏油路面變成了黃土混碎石的鄉村小路。路的盡頭孤零零站著一幢黑瓦灰牆的平頂洋房，鐵柵門上掛了一個黃木信箱，上書兩個大黑字：「安宅」。

「安宅」和周遭坐落田中，離大路更遠幾步的閩南式紅磚農舍看起來明顯不同；其實這裡原先也跟「鄰居」一樣，是塊帶著小小四合院的菜田，經過易手翻修，看得出曾經朝變身別墅的路上努力過，不知怎麼卻功虧一簣，成了個平頂灰牆混搭土磚薄瓦的四不像。安居聖從前任唐山業主手裡買下來安頓後他來台的父母和大房妻兒時，產業已具眼前規模。安家接手後變動不大，主要增修了圍牆，把三百坪的基地整個圍成一座大院；灰色院牆上面還毫無必要地仿效台北官舍區住宅，黏了一圈褐色的碎玻璃防盜。院子裡有前屋主保留下來的小部分菜地不動，沿著房屋四周另外培土，廣植果樹花木。自詡「儒商」的安老太爺第一次看見這院子的時候可高興了，說是當今天下不太平，反攻大陸前他可以在這裡「采菊東籬下」。

喜歡蒔花弄草的老太爺卻沒住多久，孫子剛滿三歲，老人就一病不起。安老太太和媳婦辛貞燕，一個是三寸金蓮，一個是小腳放大了的「解放腳」，活動力有限，一園春色乏人照顧，很快就成了滿眼秋色；虛掩大門後面的那條小徑無論四季，永遠布滿落葉枯枝，人走在上面一步一聲「吱嘎」，再怎麼小心走都像後面有個看不見的人跟著，弄得在安老太追隨丈夫歸西後，每個月從台北過來給「大媽」送生活費的安家二房兩姊妹老嘀咕；姊姊安靜感歎中和大媽這邊像「冷宮」，妹妹安心根本就叫大房太太辛貞燕帶著她們弟弟安亦嗣住的地方「鬼屋」。

冷宮也好，鬼屋也罷，反正公婆升天以後，丈夫再沒踏進貞燕院裡一步。當家的二夫人金舜蓉按照人口比例減了大房一半「月費」，雖然沒有因爲公婆不在了特意剋扣，卻也沒有按照物價波動調整供給。幸好貞燕和亦嗣的日子過得冷清而簡單，每天早上貞燕崴著解放腳送兒子上學，回程經過大馬路邊的臨時小市場帶回一點自己張羅不出來的生活必需品。她在院子裡養了雞，飯桌上擺出來天天沒有肉也有蛋，菜地即便早就荒了，畦上的土還是比較肥沃的，貞燕就學著看節氣撒點菜種籽。在物資艱困，台灣靠美援「反共抗俄」的年代，母子的日子雖不富裕，卻也不比一般人家顯得拮据。

貞燕個性務實，雖然沒讀過書，數目字和自己名字都會寫；知識談不上，可是江南一帶流傳的民間故事、鄉野傳奇中闡述的男尊女卑和三從四德，她都爛熟于心，這些封建教條塑造了貞燕的人生哲學，她信自己這套的虔誠度直逼二房女眷口中不停的「感謝主」。貞燕娘家是沿海縣城近郊的小地主，家世學歷比不上安居聖後娶的「城裡太太」金舜蓉，說起來是前朝官宦之後，上過洋學堂的上海小姐。貞燕敬愛丈夫，感覺金氏才配得上「做官」的安居聖，一直以來都很認自己做「鄉下太太」的命；不但來台灣以前從來都沒有吵過要去南京「隨夫上任」，反而自願留在家鄉「代夫孝親」，即便到了台灣，也無聲地幽居中和，繼續侍奉公婆到終老。這樣一來，金舜蓉反而不忍心趕盡殺絕，逼丈夫和前房劃清界限。早年安居聖拿來向新人「輸誠」的一紙休書形同具文，只在去金家提親的時候當過一次「道具」，後來就成了老婆的「相罵本」；只要夫妻吵架，金舜蓉就罵安居聖「騙婚」，害她上海千金小姐糊裡糊塗地做了「小」，趕著叫鄉巴佬「大姊」。

上海開埠百年以來，國境之內哪塊在滬人眼中不算「鄉下」？貞燕這個二房口中的「鄉下人」在定居台灣省台北縣中和鄉之前，卻沒做過地裡的活；她在家時精的是烹飪女紅，並不懂得耕作施肥。貞燕帶著兒子像玩家家酒一樣，把種籽撒在菜畦上，天天澆點水，結果長出來的菜多數餵了蟲，蔥長出來也像針一樣細，幸好頗有蔥味。反正就母子倆，一切將就；早上雞窩裡摸兩只蛋，把發育不良的青蔥切了一炒，再把自己灌的香腸蒸熟切片，鋪在新成的米飯上，每天亦嗣帶到全校只有三個班級的鄉下小學裡的便當已經豐盛得稱霸全校，連當時待遇菲薄的老師也聞香垂涎。

除了亦嗣自己，家裡人，包括他兩個台北姊姊，都知道亦嗣不是親生，是安老太爺找同族過繼給從新婚就被丈夫冷落的大房太太貞燕做養老兒子的。可是孩子一天天長大，眉眼越來越像貞燕。婆婆說親不如養，誰養就像誰；公公說吃的東西一樣，人就會長成一個樣。

母子實在太像，連舜蓉都懷疑是丈夫和公婆聯手騙了只有女兒的自己，亦嗣其實就是丈夫和鄉下老婆的親生兒子！安居聖爲了自清，在父母過世以後就主動和大房斷絕往來。丈夫做得這樣絕情，掌握經濟大權的舜蓉反而要故示大度，過年前都派司機去中和送點年貨，還把「弟弟」接來台北的家裡玩兩天。

亦嗣幼時眉目清秀，五官和貞燕像一個模子倒出來的，越長大越顯粗壯黝黑，和清瘦白晢的安家人大不同。公婆還在的時候，大房、二房「兩頭大」，安家做什麼都兩套，買什麼也要兩份，除非重要應酬，丈夫每週末例行要去中和省親，並且被強迫留宿。老的一走，安家定於一尊，金舜蓉原來喊的「大姊」背後就被地名「中和」取代。不過舜蓉沒有忘記這對母子姓安，逢到汰換台北家裡的傢俱、電器，舜蓉會讓司機把還堪用的「送過去中和」。貞燕也都來者不拒。到了實在破敗無用，女人、孩子沒有力氣處理，就任由堆積，漸漸原來寬敞的地方成了舊貨倉庫，室內採光越來越差，連白天都顯得昏暗。幸好屋外的荒涼和屋內的零亂都是日積月累，不是一天造成，母子習慣成自然，不以爲怪。只是亦嗣懂事以後，每年過年到台北二房向安氏祖宗牌位磕頭的時候，也留意到姊姊們的「安宅」總是窗明几淨，花木扶疏，可是她們那裡規矩也多，亦嗣並不羨慕，高高興興和母親相依爲命，做他快樂的野孩子。

安老太爺走了以後，中和就沒買過報紙；書房裡雖然有老太爺留下的書，貞燕和兒子的文化也未到看書消遣的程度。母子二人通常各自爲政，同桌吃飯也常相對兩無言，即使對話，也不過是：「飽了？」「多吃點！」晚飯後貞燕會一個人縫縫補補，順便聽聽收音機，亦嗣白天玩累了，通常早早入睡。亦嗣小六要升初中之前，二房換購彩電，送過來一台八、九成新的黑白電視機，母子就一起看上了，很快到了入迷的程度，也不管演什麼節目，反正天天把電視開到唱國歌「謝謝收看」才關機。第二天亦嗣上學打瞌睡，鄉下小學確實履行「國民義務教育」，人來了就算盡義務，不注重升學率，老師不像一水之隔的台北那樣流行體罰，除非家長特別拜託，基本不打學生，時候到了就發張小學畢業文憑，家長認爲自己孩子該去工廠、該下田，悉聽尊便。

亦嗣初中落榜以前，孩子自己不會想，做媽的天天盯著兒子也只管吃得飽不飽？香不香？沒操心過兒子的前途。直到學校放榜，暑假都過了一半，貞燕才恍然大悟亦嗣此後沒有書讀了。等到星期天，貞燕裝滿兩玻璃瓶自製的衝菜和豆腐乳，抓了院子裡一隻肥雞，把雞腳縛了。十年來第一次，帶著兒子搭上長途客運去台北安家。從中和鄉到台北的車裡，母子倆和雞都還感覺自在。等到了台北車站叫計程車，司機卻對活雞會不會在車上拉屎有疑慮，接連兩輛都拒載。母子只好帶著瓶瓶罐罐和雞一路問到正確站牌去乘公共汽車。巴士不算擁擠，路程也沒有幾站，貞燕把雞塞在座位底下，用腳定住，也不礙著誰，可是旁邊的乘客卻都嫌惡地看著他們二人一雞。這短短的一段旅途就此讓少年亦嗣永銘於心，多少年後還會想起。

到的時間不巧，安家已經有先到的訪客，正把大包、小包的禮品擺上茶几，看來是來請託辦事的。舜蓉和居聖看到傭人領進來的是貞燕母子和一隻活雞，臉上都露出幾分按捺不住的驚異，舜蓉站起來一面喝叱傭人把雞拿下去，一面招呼新、舊客人，她含糊地略過亦嗣，簡單替雙方介紹是「李先生、李太太」和「安居聖大姊」，迅速把母子延進書房，低聲跟貞燕說：「坐一下，人很快就走。」臨去還帶上了門。

等母子被從書房中「放」出來的時候，舜蓉問：「怎麼沒先打個電話？我叫司機去接你們。」看著亦嗣加強語氣道：「亦嗣呀，小姊姊出去玩了，你們下次來一定要先打個電話，我叫姊姊留下來陪你。」再轉頭對貞燕說：「李太太是我一個老同學，嫁得不好。先生關過留了案底，出來幾年一直找工作。你知道居聖的脾氣，他哪裡幫得上忙？欸，等下我幾個朋友過來玩牌，你們留下來吃飯？」

貞燕說：「不了，來就跟你們說一件事……」

安居聖聽貞燕說完兩手一攤，打了幾句官腔表示聯考延續中國科舉考試，是最公平的制度，考不上就是考不上，姓「蔣」的也講不進去，他愛莫能助。安居聖維持禮貌要太太留母子倆吃飯，自己卻皺著眉頭往外走，口中一面喊「老楊，老楊！」叫司機備車，說要去辦公室看公文，一副戮力從公，等不到星期一的樣子。穿件黑色寬鬆旗袍梳個巴巴頭的貞燕忽然就著椅子一滑，跪坐在地；一邊伸手把原來也坐在沙發上的兒子拽下來並排跪著。

安居聖和舜蓉嚇了一跳，都喊：起來！起來！這是做什麼！安居聖腳一跺，罵聲：胡鬧！就奪門而出。舜蓉很生氣丈夫把燙手山芋丟了就跑，心中陰暗的一角卻不無得意看見大房母子跪在自己客廳裡。舜蓉款款過去拉起貞燕，好言安慰，最後還拍了胸脯保證不會讓姓安的兒子出去做小工當學徒丟他官老子的臉。

舜蓉動用官太牌友團的關係，把亦嗣講進了剛在台北成立的私立初中，還要母子不必擔心學費，允諾如果好好讀書，會負責把亦嗣栽培到大學畢業。

懵懵懂懂的亦嗣經過了這場風波，雖然還是不大明白「過繼」的意思，卻開始意識到自己在安家的地位微妙，兼之在電視上看了一個叫晶晶的女孩子找媽媽的連續劇，就問貞燕他是不是父母親生的？

貞燕拉兒子到被舊傢俱落起來遮住了一半的掛鏡前面，要他自己看兩人長得有多像？鏡面同時容不下兩張臉，貞燕讓亦嗣先照，再用肩膀輕推開示意兒子讓讓，自己入鏡。兩人並排照鏡的時候，一人剩下半張臉，貞燕凝視著鏡中兒子道：「長大了，都高過我了，你像外公。」說著流下了眼淚。她舉手捂住雙眼。

亦嗣把母親的手扳下，不解地看著母親憂傷的眼睛。貞燕說：「十幾年沒回過家了，我想我阿爸、阿嫲。」她用家鄉話說思念自己的父母。

「阿嫲你是我媽媽，」亦嗣堅定地告訴母親，他對是她親生兒子沒有疑問了。「可是阿爸是我爸爸嗎？」

亦嗣感覺到母親的手在他掌中顫抖。貞燕輕輕回握住兒子，說：「每個人都只有一個爸爸，你姓安，是入了祠堂寫在家譜裡不會改的了。」

亦嗣似懂非懂，他更願意相信媽媽給他的是一個肯定的答案。絕少談心的母子這天的話已經說得太深、太多，就很有默契地就此打住。

貞燕這才發現，深藏的祕密並沒有隨公婆逝世而消散，她會不會有一天還要面對亦嗣再度提問？她原來答應把她收爲義女的公婆，兒子既然姓了安，他的身世之謎會跟隨他們三個死去的時候一起埋進墳墓裡。

*

民國三十七年的冬天來臨前安居聖排除萬難回了一趟家鄉，他對父母透露國軍剛不久前丟失了東北，共軍長驅直入中原，正在山東和江蘇一帶和國軍對峙，大戰隨時可能爆發。他雖是政府技術部門的文官，可是身近中樞，冷眼旁觀國民黨裡你爭我鬥，爾虞我詐，哪怕老美給的裝備精良，軍隊卻是一盤散沙，勝算不大。政府許多部門都在悄悄打包，準備因應最壞狀況。走是一定會走，可他還不確定自己單位會轉進西南還是南下廣東，甚至渡海去台灣都有可能。時局多變，前途茫茫，安居聖特爲來接父母大人跟他一起去南京待命，卻又說不出他追隨的國民黨政府究竟要到哪裡？如果有那麼一架南京起飛的最後班機，憑他安居聖今天的地位，自己和家眷又擠不擠得上去？安老爺聽兒子說得這樣不靠譜，就和太太決定留在老家，以不變應萬變；安太太樂觀地跟兒子說：當年跟日本人打仗全家也不過到鄉下去躲過一陣子，現在中國人自己打一打，很快就會過去的。

安居聖無法說服父母跟他同行，只能愼重地把老人托給已經離婚，可是抵死不回娘家的下堂妻：「阿爸、阿嬷不肯走，就只能托給你了。」安居聖深深一鞠躬。低下頭去的時候正好看見前妻旗袍下面那雙令他痛恨的解放腳。

貞燕趕緊避開，不敢受禮，慌亂之中也沒想到如何回禮。幸好老太爺大啐一口，轉移了大家的注意力：「呲！我們不需要她照顧，我們還會替你好好照顧她！」安老爺從來不承認兒子和媳婦已經不是夫妻，只承認兒子有個「外面娶的」，不過外面那個多年也才生下兩個女兒，又沒有回來拜過祠堂，在他心裡連「兩頭大」都還算不上。「抱著兒子再回來拜祖宗。」是安老爺給已經二婚近十年的兒子二房太太訂定的門檻。

在家的最後一個晚上居聖被父母從書房裡趕到貞燕房裡去過夜。已經離婚的夫妻並頭躺下，各自緊緊裹著被子，不言不動，都睜著眼睛等天亮。終於聽到外面雞叫了，睡在外床的貞燕悄悄翻身坐起，輕手輕腳地正想下床，居聖忽然從棉被中伸出手來把她一攔，貞燕嚇得嘴唇顫抖，嚅嚅囁囁地道：「我……吵到你了？」

「時局凶險呀，阿爸、阿嫲不肯走，我擔心！我替國民黨做事，共產黨來了怕是連你也不會放過的。離婚證書你收著嗎？說不定用得上。」居聖手上用了點勁讓貞燕倒回枕上。最後一夜了，還要把父母托給她，他謝謝她，在這一刻，他想跟她交交心。

雖然從一開始他就抗拒這頭在他念書時候家裡瞞著他包辦的婚姻，可是新婚燕爾時期，他也曾經嘗試過去喜歡這個女人。那個時候十幾歲的兩個人都什麼不懂；看過風月小說的他卻把自己的先天不足都怪在她的不解風情分上，他堅信自己血氣方剛，是女人條件差才激不起他做男人的欲望。閨房裡的挫折感讓他總在妻子身上挑眼；過時的髮髻，畸形的放大腳，怯懦的眼神和舉止，無法平等交流的言語和思想，處處讓他倒胃！他放大了妻子的缺點，把父母之命的婚姻無限上綱成積弱中國急待破除的封建傳統，自此出門就不願意回家。完成學業後，他在南京找到工作，漸漸地更從心理上否認了自己是一個女人的丈夫。他的家書從來只寫給「父母大人」，安老爺讀信給婆媳娘倆聽時，於心不忍，自動加上一句「吾妻貞燕同此」，算替兒子辦交代。

居聖「三十而立」時，成功地追求到了名門淑女，時髦的上海小姐金舜蓉。雖然那時他已經有足夠的人生經驗明白新婚的魚水無歡並不完全是元配的錯，對於把家鄉妻子拖到快三十歲才離婚，良心也有愧，可是想到要和一個沒有感情基礎，思想不能交流的鄉下老婆過一生，自居「新派」的居聖又感覺人生窒息，生活無望；貞燕代表了落伍，代表了家庭給他的桎梏，他本可以像其他同時輩、同遭遇的青年那樣選擇去參加共產黨，用熱血反抗封建社會，把希望放在「新中國」；可是居聖大學畢業以後考進了政府機關，那裡可以讓他發揮所學，卻也是個保留了中華「衙門正統」的醬缸。官有官道，居聖在事業上融入了國民政府的官僚系統，感情上也算遇到了自主選擇的良配。出身名門的未婚妻不介意他的過去，可是言明鄉下那個要斷得乾淨，今後要遵「一夫一妻」。

然而苦守了抗戰八年，代夫奉親沒有半句怨言的貞燕一聽丈夫要「休妻」，就堅定地表示自己沒有犯錯，要她回娘家，她就一索子吊死在安家門前。就算不怕鬧出人命，安家父母也不能允許兒子如此「敗德」，拋棄糟糠。居聖離婚再娶，追求婚姻自主的理想在安家成了一場女主角尋死覓活，男主角被罵臭頭的鬧劇，居聖只能被動地兩邊欺騙；新人以爲從前已經了斷，舊人以爲自己忍讓成全。居聖無奈地享著齊人之福，繼續做他兩邊不是人的夾心餅乾，而日子就來到國共中原大戰即將開打的那個月，居聖返鄉省親，要回南京的前夕。

貞燕手臂上被男人輕觸一下，先是愣住，看見丈夫縮手，也就慢慢躺回自己枕上。雖然儘量頭朝後仰，一張床又能有多寬？兩人終究還是睡成了個臉對臉之局；雖然相隔有一尺左右，和之前兩人仰面朝天各睡各的感覺卻大不同。貞燕頭臉發熱，自知面上、頸上都現紅雲，只慶幸天還沒有大亮，想是對方看不見；哪曉得昏黑裡正好讓居聖看見她兩顆眼珠子閃閃發亮。居聖後來自主結婚算是有過了心上人，對男女之情也就超越生理層面，懂得了一二，明白貞燕多年對公婆的孝順雖說是封建禮教使然，終究不脫對丈夫愛屋及烏的心，就不但生出慚愧之意，還興起一絲難得的憐惜。他挪挪身子靠得更近一點。上十年沒有正面相對的夫妻這下近得能聞到對方氣息，貞燕屏息靜氣不敢動作，一顆心噗噗跳動，很怕自己口氣不芬芳或者哪裡不對勁，就會澆熄丈夫突發的善心。

居聖從被籠中伸手出來，挨著貞燕的眉眼輕輕掠過，沿著她的面龐滑下至頸後，貞燕心情蕩漾，身子卻一動不敢動，連呼吸也暫時停止。居聖手指叉入貞燕髮根，溫柔地順向髮梢，撥動長髮，披散枕上；羅帳內一時風光旖旎。不想入秋後許久未洗的女人頭髮發出酸味混著桂花油香的刺激氣味襲入居聖鼻腔，他抽冷子就打了個驚天動地的噴嚏：「哈——啾！」

貞燕受驚，本能地向後一縮，腦勺在雕花床欄上敲了記響的，也是脫口一聲慘叫：「哎唷！」浪漫得冒泡的曖昧就被兩人先後發出的怪聲戳破了。

「哈啾哈啾哈啾！」居聖接連又是幾個大噴嚏。貞燕在他換氣時趕緊插話，憂心自責：「昨晚應該記得加床被子的！」

「哈啾哈啾哈啾！」居聖猛搖手，想解釋近幾年常這樣，西醫說是不明原因過敏，無關風寒。可是噴嚏打得他眼淚鼻涕齊流，說不出話來。

貞燕看得更加心焦，忙地起身，討好道：「我去替你熬碗薑湯……」匆匆挽髮披衣而出。

過敏源一走，居聖的毛病好了！他爬起來找手絹擦鼻涕，想到這要是在南京家裡，太太就帶笑撂洋文：不來事唷！（Bless You），可能還會在他臉上劃一下表示親昵。老家這位卻被窩一掀，大費周章去生火煮薑湯。他歎一口氣，更加堅信前妻和自己不是一個世界裡的人，就自言自語歎道：「不能怨我負你！」

貞燕端著一碗熱薑湯回房時，居聖已經自行穿戴整齊，準備上堂拜別父母了。貞燕不敢表達失望之意，只默默退出去打洗臉水，按照她所熟悉的程序完成她今生最後一次對丈夫的服侍。

丈夫報平安的家書是共產黨剛在鎮上成立的街道組織送來家的。來的人態度都還客氣，只要家裡寫封回信，勸安居聖反正來歸，共同建設新中國。老太爺客氣地推辭，說自己素來不過問兒子仕途上的事情，恐怕說不動他。可是最後還是依照來人的意思寫了信讓他們帶走。

幾個人走了不久，其中一個原先把帽沿壓得低低的，始終沒講話的粗壯漢子又獨自回頭，進屋把帽子脫了，開口就喊姨父母大人：「賽妮，父姨，我阿海啊！」

「阿海！」安太太驚呼出聲，這才認出來人是她已經過世的寡居娘家堂姊的兒子。堂姊中年喪偶，家中清寒，安氏長期接濟不說，阿海聰敏勤學的弟妹出外讀書求學也靠惜才的姨父贊助多年。「怎麼是你？這才多久沒見，發福了，阿海你這一身，好威武，不認得了！什麼時候到鎮上來的？不先來家裡坐？弟弟、妹妹呢？家裡都好？」

「家裡都好。妹妹在上海，阿弟去了北京。我阿弟早入了黨。他讓我來受訓，就要回去。」略略寒暄，阿海就開門見山說話：「父姨，表哥去了台灣吧？」

安氏夫婦相互一望，老太爺暗忖信都是人家送來的，雖然兒子好像刻意寫得語焉不詳，卻哪裡瞞得過明眼人？決定相信來人，沉吟了一下便道：「你是自己人。你表哥應該是去了台灣，我們也是你們送信來才曉得他平安。」

「父姨想去找他嗎？」阿海問。

室內空氣頓時凝結，沒人應聲。良久阿海打破沉默道：「我阿嫲有遺言，她要我們一世記得父姨是我們家的恩情人。」

被當成大恩人的老太爺領首道：「你母親是難得的啊……去找你表哥嗎？本來沒有這個意思。可是現在天天有人上門，商會會長昨天抓起來了，你表哥替國民黨做事……我們日子難了……阿海，你跟我說實話，如果你表哥不回來，共產黨就不會對我客氣了，是不是？」看見阿海點頭後他更斗膽一問：「如果想，有路子嗎？」

「樂清那邊有人收金條，」阿海說，「不過要等機會。」

老太爺決定與其在家坐以待斃，不如跟阿海回原籍鄉下去等「機會」。老家是漁村，靠海近，什麼都有可能。一家人就託阿海活動了路條，帶上細軟和一對當得了用的男女僕人啓程返鄉。

安家原籍有老宅，本來以爲收拾收拾就能搬進去，可是當地雖然還沒有開始鬥地主，卻有人敲掉了鎖闖空門。幸好阿海受訓回來就算是村子裡的正牌幹部，一家家敲門把幾件馬上用得到的傢俱收了回來，勉強讓衆人安頓下來。

安太太很憂心，私下議論是不是回來錯了？城裡雖然抓反動敵人，可是良民、流氓和公差還分得清。人抓了關起來，槍斃以前也都經過審判，鎮上的人雖然弄不清每天都頒布幾條的新中國法律，可是一般跟國民黨沒有瓜葛的百姓並不感到解放軍比國軍更可怕。鎮政府的新官們言必稱黨和毛主席，看起來還講規矩。來到鄉下卻就簡直是亂了套，好像隨便哪個癟三、刮皮敢掛起一副臂章就好說自己是共產黨，幾個人一夥拿起棍棒就穿家走戶，登堂入室，查人拿東西。安家屋漏還逢連夜雨，原來以為很忠心可靠的一對家僕也趁亂偷了財務逃逸。安氏怕人知道了要盤查家底，財要漏白，還不敢聲張，對人只說因爲撙節辭退了管家，硬是吞下了這個啞巴虧。

「亂世！沒有王法了。」老太爺也後悔貿然下鄉，跟太太商量：「老媼，叫阿海搬來這裡住吧，也好對我們有個照應。」

村裡原來的村長被當成「反動分子」給槍斃了，小漁村留不住京官，阿海既是受過訓回來的黨員，就順理成章地被解放軍長官在部隊撤防前指派了代理村務；新舊交替的非常時期，阿海被自己一個小村官手裡擁有的生殺大權嚇了一跳。恩人想請他當「門

INK PUBLISHING 讀者服務卡

您買的書是：____________________

生日：　　年　　月　　日

學歷：□國中　□高中　□大專　□研究所（含以上）

職業：□學生　□軍警公教　□服務業

□工　□商　□大衆傳播

□SOHO族　□學生　□其他 ____________

購書方式：□門市_____書店 □網路書店 □親友贈送 □其他 _____

購書原因：□題材吸引　□價格實在　□力挺作者　□設計新穎

□就愛印刻　□其他 ____________（可複選）

購買日期：_______年_______月_______日

你從哪裡得知本書：□書店　□報紙　□雜誌　□網路　□親友介紹

□DM傳單　□廣播　□電視　□其他

你對本書的評價：（請填代號　1.非常滿意　2.滿意　3.普通　4.不滿意）

書名_____ 內容_____封面設計_____版面設計_____

讀完本書後您覺得：

1.□非常喜歡　2.□喜歡　3.□普通　4.□不喜歡　5.□非常不喜歡

您對於本書建議：

感謝您的惠顧，為了提供更好的服務，請填妥各欄資料，將讀者服務卡直接寄或傳真本社，歡迎加入「印刻文學臉書粉絲專頁」：http://www.facebook.com/YinKeWenXue 和舒讀網（http://www.sudu.cc），我們將隨時提供最新的出版活動等相關訊息與購書優惠。

讀者服務專線：（02）2228-1626　讀者傳真專線：（02）2228-1598

235-62

新北市中和區中正路800號13樓之3

印刻文學生活雜誌出版有限公司　收

讀者服務部

姓名：＿＿＿＿＿＿＿＿＿＿ 性別：□男　□女

郵遞區號：＿＿＿＿＿＿＿＿

地址：＿＿＿＿＿＿＿＿＿＿＿＿＿＿＿＿

電話：（日）＿＿＿＿＿＿＿＿（夜）＿＿＿＿＿＿＿＿

傳真：＿＿＿＿＿＿＿＿

e-mail：＿＿＿＿＿＿＿＿＿＿＿＿＿＿＿＿

INK

神」，他自己家裡人口多，住得擠，也正好需要個地點便利，居處體面的辦事處，雙方一拍即合。安氏夫婦就把正房讓出來給阿海「辦公」，自己和媳婦住到偏房裡去。阿海雖然和其他村民一樣是漁民出身，可是他上過幾天私塾，略識之無，又有親弟弟在北京讓他「靠勢」，有時候穿上受訓時做的一套列寧裝出來當差，自覺脫胎換骨，任誰也看不出他去年還是個漁夫。

阿海夫妻帶著四個兒子、三個女兒住在村尾，走路回家近三刻鐘，阿海在安家老宅辦公一般在白天，傍晚還回自己家吃飯安歇，不過「辦公室」裡支了張行軍床，公忙時候阿海也留下過夜，和姨父一家相處有如家人。

那天安家二老晨起沒有看見媳婦燒好洗臉水送進來，想起黎明時好像聽見隔壁廂房曾經乒乒乓乓一片響，不免動疑，就踅過去看看，發現屋裡一片狼藉，貞燕昏死在地。看來竟是命不該絕的媳婦不會打上吊的繩結，只憑想像把脖子掛住懸在梁上的繩圈中，雙腳飛蹬想要踢翻墊腳的椅子騰空之際，失去平衡，頭滑出來，身子重重摔落在地，崴傷了雙腳，痛暈過去。

婆婆趕上去掐人中、扇耳光，先把人搖醒，然後抱住就哭，一面埋怨：「傻呀！你死了，我們兩個老的怎麼辦？」卻無力拖動已經站不起來的媳婦。

安老爺自持家翁身分，還在猶豫要不要上前幫忙攙扶，前頭留宿的阿海已經聞聲而至，雙手撥開二老，來了個「新娘抱」，把明明已經蘇醒卻口眼緊閉的貞燕輕輕放在床上，順手拉過枕頭墊在她身後。阿海將傷者初步安頓完畢，還不馬上撒手，一屁股就斜坐上了床沿。

貞燕痛得全身抽搐卻咬牙強忍，淚水從閉著的雙眼中不停流出。只穿了中衣的阿海竟然翻起袖口溫柔地去揩拭貞燕面上淚痕，又毫不避嫌地低頭去察看表嫂腳上傷勢。

安家老爺、太太看到這一幕都有些驚疑不定，安太太欲問端倪，期期艾艾地先喊一聲：「阿海——」

「讓我死！」貞燕緊閉的口中輕而堅定地吐出幾個字，「求求你們！」

安老爺感覺明白是怎麼回事了，對阿海怒斥道：「她是你表嫂——你這個畜牲！」

阿海如今是「村幹部」，換到前朝，大小也是個「官」。挨罵不單不露怯，反而瞪了老頭一眼，頂嘴道：「她早就離婚了。現在是新中國，要解放人民，打倒封建。」

安老爺吃一驚，不僅為頭次聽見阿海打官腔，更感狐疑阿海是從誰那裡聽說貞燕已經是被休掉的下堂之婦呢？

阿海毫不畏懼的態度讓老爺領教到短短個把月「官場」的歷練，翻了身的阿海已非昔日看到「恩人」就低頭哈腰畢恭畢敬的鄉下窮親戚。可是安老爺知道關鍵時刻不能讓步，就保持著嚴厲的臉色，只將聲音略微放緩，使「圍魏救趙」之計持續攻堅：「阿海，你是有家室的，貞燕我們當自己女兒看待，不能讓人欺負！」

阿海懼內，提到老婆，氣焰立刻消了一半，他轉身低頭照顧傷患，溫言撫慰，動口動手，只把身後兩個老的視爲無人。安老爺心中有氣，可是想一家人雖在自己屋簷下，卻受阿海的庇護，不但眼下的安危靠他，將來尋兒子的路子還要靠他，很難講到底誰是誰的恩人？安老爺是識時務的商人，一念及此，就把話往回兜，雖然還是疾言厲色，說的話卻已盡是示好之意：「阿海你如果做錯了事就要負責任！你是我們自己外甥，如果貞燕也願意，說了她是我們女兒，我可以替她做主。」

「求求讓我死吧！」始終不敢張開眼睛，一直咬住嘴唇忍著足踝劇痛的貞燕哭出了聲。

看媳婦死意堅決，又哭得淒慘，一旁的阿海卻是低聲下氣，殷勤服侍，安老爺夫婦一時弄不清二人關係究竟是和姦還是逼姦？就也束手無策。

「皇天撒寶！」安太太發出一聲驚呼，指著貞燕倏忽之間已經腫成兩只小西瓜一樣的足踝，「你看她的腳！」

阿海找來把剪刀把傷患襪子剪開，當著人家公婆的面把貞燕兩只解放腳從小腿到指頭都摸了一遍，一面用慶幸的口氣說：「還好，骨頭沒斷！」一面站起身道：「我回家去拿藥酒來。」離去前對二老近乎警告地求情道：「這事全是我的錯，你們不高興就找我，不可以為難她。」

阿海前腳一走，安老爺趕忙上前對眼淚流得像打開水龍頭就關不住的貞燕說：「貞燕，時間緊迫，你先莫哭。聽我說，從現在起你就是我們夫婦的義女，不再是我們的媳婦。如果你想跟阿海，你就明說，我替你做主。如果你是被迫的，你受的委屈我們知道，不會怪你，只是以後饒不了那個畜牲。」安老爺說得面面俱到，安太太卻憤然指出盲點：「是我自己外甥，做出這種畜牲不如的事情還要等到以後才不饒他？」

安老爺歎氣道：「出了這種事難道去告官？何況在這裡他就是官！現在找到居聖，一家團聚才是最重要的事。君子報仇三年不晚，找到兒子再說。我們如今還要靠那個畜牲過這一關，不能翻臉！唉，天下大亂，人在矮簷下呀——」

貞燕聞言，放聲大哭，抽抽噤噤只聽她翻來覆去地說無顏見丈夫公婆，一心只要尋死。安太太也陪著哭起來。安老爺鼻子發酸，哽咽地說：「貞燕，委屈你了！為了大局，你不能死啊！」

貞燕腳傷嚴重，別說不能侍奉公婆，連自己上馬桶都是阿海抱著去的，家裡大小粗細，裡裡外外也都靠阿海自己或者使喚嘍囉來代勞，安家三口如果沒有阿海，哪怕安老爺身上還藏了幾根金條，恐怕連小菜都弄不進屋，立刻就要斷炊。這樣倚重阿海，安家二老只能吞聲忍氣默許阿海把表嫂貞燕當成禁臠。不正常的關係既已揭穿，阿海也就不再守內外之禮，這以後更自由進出，留宿過夜，把安家當成了他藏嬌的金屋。

貞燕的足傷逐漸痊癒，偷渡的機會卻始終沒有來到。七個月後連到今天都算高齡產婦的貞燕順產生下了一個白胖小子。婚外情是瞞著阿海元配的，私生子當然不能公開。兒子生下來安老爺賜名「安亦嗣」，還把名字的意思好好講給阿海聽，最後做結論道：「你家裡已經有四個兒子，這第五個你又不能帶回家。貞燕是我自己女兒，生了孩子也算我們安家的後嗣，你表哥沒有兒子，以後這個孩子是要繼承我安家產業的。阿海，你和貞燕是我們安家的大功臣！你讓我們安家有後了噢。」

阿海接受了短期幹部訓練，喊過「無產階級領導」、「無產階級解放」的口號，可是其中真諦還在琢磨瞭解當中，他多少受到在大學參加了地下黨、自居「馬克思信徒」的親弟弟影響，就不像有些村官簡單地把「窮人翻身」理解成清算富人財產，自己取而代之，不過對「窮人」在新中國的美好前途阿海自然還是充滿了憧憬，所以安老爺苦口婆心的一番話阿海很能聽得進去。他感覺這個辦法好！不必硬起心腸鬥和搶，心愛的女人替他生出個名正言順的財富「繼承人」，這個障眼法不但眼下瞞住他家裡的，躲過和潑婦一場硬仗，以後兒子長大了，成了富翁再改姓歸宗不遲。立刻大方的應允了，還高興地說：「亦嗣這個名字取得好。父姨，安家大功臣不敢當，是貞燕肚皮爭氣。」

夏天來臨前的漁村空氣中的海腥味漸濃，貞燕放下門簾在房中敞開胸襟餵奶，她感覺心中空空，什麼也沒想，可是淚水卻毫無來由地上湧至眼眶。她用手輕輕拭去終於滴落在奶娃長著茂密絨毛頭上的淚水。

公婆已經向貞燕再三保證，孩子姓安，將來重逢時會告訴安居聖是同族過繼延續大房香火的。貞燕早被丈夫拋棄，過繼的故事編得合情合理，將她失德失貞的過錯完全遮蓋過去。公婆這樣愛護她，原諒她，她爲什麼要爲難自己？她已經默默地憂傷了一年多，腦子裡沒想，內心卻總不平靜。只有嬰兒在她乳房上有規律的吸吮帶給她母性的滿足和產後子宮收縮的快感。小腹下那種奇妙的痙攣曾讓她以爲自己受了內傷而暗夜飲泣，可是最初聽到靠近房門的細微男子腳步聲就害怕的心悸，早就轉換成對盤古開天以來人類男女之間最原始溫暖的企盼，她的傷由身而心；她的身體越渴望，她的心就越不能原諒自己的淫蕩。然而她對阿海那雙粗糙的手已經不感驚恐和陌生，這一刻她奶著兩人的娃娃，原本空無一物的腦海中忽然就鑽進了阿海像嬰兒一樣低伏在她胸前的毛刺大頭。

阿海是個強壯的男人，卻對性子暴烈、隨時準備拚命的悍婦老婆退讓不止三分。除了養大的七個孩子，再算上夭折的、流產的，成婚以來阿海讓老婆長達十幾年都有孕在身；生養太多，阿海老婆落下了婦科症頭，面黃肌瘦，終年淅淅瀝瀝，脾氣愈發狂躁。爲了保命，老婆不許阿海再近她的身，爲了保家，她又不許阿海多看村裡別的女人一眼。

紙包不住火，雖然孩子姓安，家中大人又深居簡出，阿海也小心謹慎，幾個月後懷疑的耳語還是傳到了阿海老婆耳中。昔日恩人落了難，自己丈夫當了官，阿海老婆心中原來像神仙一般高高在上的安家親戚也就下了凡。阿海老婆在安家回到原籍之前是沒有見過的，來了以後她恐怕見到貴戚不免要低三下四，就托詞身體不好，很少走動，照面的機會有限。小孩子剛生下來親戚們倒也見過一次，當時樣貌還看不出來，這下聽人說長得像自己丈夫，阿海年來又基本住在那邊，雖然沒有直接證據，聽見閒言閒語已經夠她妒火中燒，就找機會逼問，阿海三言兩語打發不了，兩夫婦先掐了一架，老婆威脅日後要鬧上門去，向安家大人討個說法，表示不怕把作風問題扯開影響到丈夫的「仕途」，既然有人要搶她的男人，她就跟他們來個蛋打雞飛，魚死網破。阿海左支右絀，對付得了今天，對付不了明天，又拖了幾個月，所有的緩兵之計都已用罄，只好來個釜底抽薪，忍痛割愛，把一直壓下沒有透露的偷渡船家替安家聯絡上。

「孩子呢？他還要吃奶，」貞燕問，堅決地加上了一句：「孩子不走，我不走。」

安家兩老和貞燕一起望住阿海等答案，直到聽見他點頭道：「讓你們帶走！」衆人才都鬆了一口氣。晚上阿海自己划舢板送他們到港灣去上偷渡的漁船。他套了纜繩把舢板定住，陪同上船，套了交情，看著點交事先講好的金條，又送他們入底艙安頓坐好後，把小亦嗣接過來抱了一抱還給貞燕，對三人有點憂傷說：「孩子姓安，你們會對他好的。」自己爬上甲板，回首俯身望向黑洞洞的底艙，貞燕抱著孩子回望，三張臉在昏暗的光線中一上兩下誰也沒有看清楚誰，一話未說，沒有成爲過一家的三口就此分離了。

繼而是一段不算長，卻艱辛得讓乘客後來再不願意去想起的航程。在汙濁擁擠的底艙，貞燕一路緊緊把兒子抱在懷中，感覺像是永遠達不到彼岸。最苦的是在台灣外海飄浮的夜晚，因爲要等黎明之前海防交班才能在附近淺水海域「卸貨」。吐得一身汙穢的大人孩子被推下冰冷的海水中自行掙扎上岸，安老爺幫得上自己的小腳太太，就顧不了背上綁著孩子的媳婦。貞燕不但是解放腳，足踝還受過重傷，雙腿軟弱無力，舉步維艱。同行的一位女士，一路沒有多加攀談，下船後卻一直拉著貞燕，三番兩次靠她緊緊抓住，母子才沒有隨波而去。難友們上岸後旋即各有接應，很快就分道揚鑣，貞燕後來怎麼也想不起水中幾次對她母子伸出援手的那位太太貴姓——姓張？還是姓金？

歷經辛苦，安家三大一小終於找到安居聖團圓以後，這段冒險的經歷漸漸隨時間過去而被遺忘了。一起被遺忘的還有安亦嗣的身世；安家二老在世的時候信守承諾，把亦嗣當成嫡親的安氏子孫。後來更把亦嗣的身世之謎帶進了墳墓，始終沒有把孩子眞正的來歷告訴自己的兒子安居聖。

居聖和大房過繼兒子不投緣，從第一次見面居聖就沒有正眼看過這個安家的「香火傳人」。他感覺太太舜蓉老說亦嗣和貞燕長得太像，懷疑是他親生，是亂吃飛醋沒事找麻煩，只能以更加冷淡對待貞燕母子來自清。丈夫的無情倒讓自己沒兒子的舜蓉願意善待亦嗣，還動用關係把聯招落榜的小傢伙送進了台北市新成立的私立中學。

這所初中的女校長崇尚體罰，亦嗣在那裡和大家一起被打了三年，有不少同學被打得開了竅，考上名校。亦嗣的成績也比小學時候進步，可是起步太晚，高中還是落了榜。這次亦嗣不讓母親去找父親和二媽關說了，他自己拿主意要像姊姊們一樣讀五年制專科學校。他跟母親說「不知道爲什麼」，他一直喜歡海，他要讀海專，畢業以後上船，終生遨遊大海。

貞燕微笑地聽兒子言志，沒有藉機告訴兒子，他的生父就從小在海上討生活，是個捕魚划槳的好手。亦嗣自從小學畢業那年暑假的大哉問後，完全接受了自己「過繼兒子」的身分；他顯然明白了對他冷冷淡淡的官老爺父親不是親生的，不指望就不失望，父子談不上情深，可也絕不是仇人。他再沒有懷疑過貞燕是「親生媽媽」這件和前一個認知相互矛盾的事實。貞燕也沒有細究兒子怎麼理解這筆糊塗帳；反正兒子不再向她追問身世，素來寡言少語的她自然不會主動提起整個圖象裡應該存在卻缺席的那一個男人。

亦嗣畢業當完兵以後如願上了遠洋商船，從此五大洲三大洋在外長年漂泊，只有休長假時回到台灣。貞燕一個人的日子更加簡單安靜，除了在家門口的店鋪裡買東西時和鄰居打打交道，就是每個月和送生活費來的二房女兒安心講幾句閒話。其他時候她整天一句話也不用說；沒人知道她晚上作夢的時候能聊個沒完；就像任何一個白天有男人有家的女人在嘮叨家常。

「記得我才跟你說兒子長大了，喜歡海，要去考海專，畢業以後跑船。」貞燕想起從前在夢裡跟阿海說過的事；夢裡的時間失了準，八、九年前的事情談起來彷彿昨日才提過，「他說不曉得爲什麼自己就是喜歡海？我差點講一定是像你阿爸……」貞燕輕輕笑了，「當然不會說，答應了人家的事！」亦嗣身世的祕密將會隨她入土，永遠埋藏。

貞燕絮絮不休。其實夢裡一切依稀模糊，清楚的只有還是少婦模樣的她獨坐在當日老宅的廂房之中，身邊哪見有第二個人？貞燕也不待人回應，自顧自若有憾焉地繼續訴說：「這麼快就眞的上了船，聽說現在賺美金呢，這個孩子就是命好，當時我那麼高的梁上摔下來，他一點事沒有！唉，就是現在到外國一去一、兩年，今天又給我寄了照片和東西來。」貞燕快樂地歎息著，「好像瘦了，船上不曉得吃得好不好？過幾天安心來的時候，要叫她幫我寫封信，我們寄點好吃的給他？到底姓一個姓，安心對他還眞像個姊姊。上次跟你說安心有男朋友了，上個月帶了一起來坐了一下的，我看滿好，她說她媽媽不喜歡……」她跟看不見的男人聊起親戚之間的閒話。

夢裡她的年齡停住了，一定也在夢裡卻始終沒現身也不出聲的阿海可能也沒有變老。兩人做「夫妻」的時間就那一年多；是貞燕漫長一生中短暫的一段緣分。可是那個短短的緣分卻完整了她的人生，幫她完成她所深信女人應該替夫家傳宗接代的使命。

阿海果眞沒有辜負姨父安老太爺喊的那聲「安家功臣」；安居聖重病那年商船行至

印度洋，亦嗣接到姊姊的電報，馬上請假登上第一個口岸，轉了幾班飛機趕回台灣，及時到達禮堂披起麻衣跪在靈前替他身分證上的父親充當「孝子」向弔唁賓客答禮。

不曉得和大半生只吃自己種的無毒有機蔬菜有沒有關係？生活清苦的貞燕不但高壽還很少看醫生，她活過了位高權重儼然人物的「前夫」安居聖，也活過了養尊處優、官太太派頭十足的「二房」金舜蓉。過年的時候貞燕住處的里長一早就來拜年，說準備造冊，明年重陽要把老太太上報爲百歲人瑞，接受表揚。

兩岸早已開放，居聖和舜蓉生前都多次到大陸探親。上一代的恩怨下一代根本搞不清楚，自然談不到化解或延續，亦嗣和安家姊姊相處如同親姊弟，還結伴去過自己的出生地旅遊。小一輩也曾邀貞燕同行，她卻微笑著搖頭拒絕了。亦嗣跟和他感情最好的姊安心說：「我媽過得像出家人，只差每天不念經。」

「是我們爸爸對不起大媽！」自己也是老太太了的安心感慨地回應道，「可是我看爸爸自己一點都不覺得。是不是男人都是這樣的呢？」

「你覺得我媽的日子很難過嗎？可是好像也沒有耶。她九十九歲了，身體還這麼好。」亦嗣說，「我覺得她可能是老得對一切都沒有興趣了。跟你說她好像出了家，不留戀我們這個塵世了。我記得我小時候她還說想她的父母想得流淚，你看現在我問她要不要去大陸老家找親戚，她竟然說親戚的名字一個都不記得了！她天天坐在電視前面發呆，問她看什麼，她也說不出來。沒人知道她在想什麼！」

小輩哪會知道明年就夠格以百歲人瑞身分參加重陽敬老大會的辛貞燕正在想：白天的人生眞是漫長無聊呀，什麼時候才天黑呢？她在等待那個時光停止流動，只有她幸福獨白的美夢來臨。

二〇一二年七月九日定稿

落花時節

他以爲那夜用唇細品後又在燈下以眼掃描，已經背下了愛人的每一個細節，即便日後不能娶她，做對神仙美眷，也將要終生銘刻在心。哪知一夜良宵苦短，人生卻很漫長，以致他們年過六旬才第三次重逢時，他對此事記憶的版本已經去蕪存菁，只剩下年輕的自己如何信守承諾，曾經大德高義，是個坐懷不亂的今之柳下惠！

關榕嘉和安亦嗣都是那所一九六二年在台北建校，招生以來就以體罰出名的私立初級中學第一屆畢業生；兩人都不是考進去的；榕嘉是放棄女中錄取名額，賣辦學女親戚面子，被請去「捧場」，拉抬程度的優等生；亦嗣是初中聯考落榜，開學後家裡托人套交情講進去的。

學校管理嚴格，男女學生不許私相授受，可是一個常常當眾被表揚，一個常常當眾被處罰，都算校內名人，彼此沒有機會交談也都看熟了眼。曾經一次榕嘉和亦嗣同在校長室課後留堂，榕嘉是因爲準備學術比賽，亦嗣是因爲犯事被罰打掃。亦嗣拿著掃帚在榕嘉身邊打轉，偷看模範生垂頭用功，少女從耳朵到脖子的白嫩肌膚和柔滑線條竟然激起了少年畢生首次莫名興奮。良久亦嗣鼓起勇氣找榕嘉攀談，榕嘉不但友善回應，還請他吃了一塊餅乾，爲亦嗣痛苦的初中三年留下了最美的回憶。初中畢業後兩人斷了音訊，直到高二課後補習晚歸的榕嘉在西門町碰到小流氓找麻煩，亦嗣碰巧經過替她解了圍，才又重逢。

「第一次重逢是一九六七，在西門町，不對，是一九六六，」榕嘉說，「我記得我爸爸爲了籌備國民義務教育延長到九年的事情，那時候天天加班。」榕嘉追憶著已過去了不止十年的舊事；英雄救美算是首度重逢，之後兩小正式交往，直到大學畢業，她出國留學分手。此後轉眼五、六年不見，竟在美國和加拿大的邊界才二度重逢。榕嘉凭欄深吸一口尼加拉瓜瀑布旁帶著水氣的清新空氣，讚歎道：「這裡的空氣眞好！」

「還好以前沒有九年國教。否則初中不聯招我就不會落榜，不落榜我二媽就不會幫我講進學校認識你了。」亦嗣完全無視眼前美景，緊盯梳著馬尾的榕嘉側臉，還是覺得榕嘉從耳朵到頸部的線條性感無比。他討好地用以爲榕嘉會買帳的文藝腔深情款款地說：「如果一定要在地獄裡才能遇見天使，那個時候我被老巫婆打了三年沒白打。」

榕嘉想到亦嗣當年剃個光頭，朝會時老被叫出列受處罰的糗樣，回眸一笑道：「初中的時候我認識你嗎？」

「對，你是高高在上的全校第一名，沒想到後來會愛上像人渣一樣的壞學生！」亦嗣從榕嘉身後環抱著她，四手緊緊交握；身高差不多的兩人臉頰貼在一起。他最喜歡這樣從後把她抱個滿懷，可是雙手像桶匝一樣地箍住她的人都還是感覺不實在。士大夫教育根植在那代人的腦子裡，形成了兩個愛人心靈上的天塹；亦嗣有時感覺一支「壞學生」的標籤像只無形的臨刑死囚草標，永遠插在他頸項裡，要跟著他到倒下的那一刻。

榕嘉輕聲說：「是愛上了一個很帥的壞學生。」他穿著靛青色的海專長大衣，一腳飛去把吃豆腐的小流氓踢得趴下去，是她不能忘的經典畫面。

「帥嗎？你爸爸不是嫌我太矮，要你考慮優生學？」亦嗣貌似說笑，心裡卻有幾分酸楚。亦嗣像母親，眉目清秀得近乎女像，身材卻屬矮壯一型。兩個人在台灣交往的時候，關家除了學歷，亦嗣知道他們也嫌棄他的身高、談吐，和年紀。

「身高還好吧？我爸最在乎的是你比我小，」亦嗣只比榕嘉晚生三個月，可是虛歲卻小一歲。榕嘉笑道：「你也知道我家是我媽說了算。她自己嫁的人也不高，她沒嫌過我爸，也沒說過高矮是問題。」

可是關太太卻冤枉挑剔過亦嗣是「庶出」。等到後來弄清楚亦嗣母親是到台灣後受了冷落的元配，安家在場面上陪著官老爸應酬的才是二太太，兩個年輕人已經分手，這個議題也沒有繼續探討的必要了。

關老太爺、安老太爺都是一九四九年跟隨國民黨政府從大陸遷台的高級公務員，彼時去古未遠，「公僕」的觀念不彰，說起來是兩個「官老爺」家，理應門當戶對，可是當年社會，學歷掛帥，兩個小的「身分懸殊」；榕嘉是台北第一志願女子高中的優等生，和以會打架出名的海事專科小混混，連在街上都不該走在一起，何況談戀愛？

榕嘉在應該心無旁騖準備考大學的時候鬧早戀果然影響了聯考成績，雖然還是上了台大，卻沒進得去父母期望的外文系。不過她自己還挺想得開，認為只要是學文學都合乎興趣。反正她從小只負責讀書，前途一向交給父母操心，壓根兒沒想念了四年中文系畢業以後的出路問題。

亦嗣讀的是五年制海事專科，榕嘉大三、大四的時候他及齡奉召服兵役去了。那年頭男的去當兵，女朋友「兵變」，感情告吹是很平常的事情。本來煩惱女兒男友條件差的關家二老這才放下心來，哪知兩個小的靠通信和假期見面，關係竟然沒有生變。那個時候女人的青春比現代女人短得多，調侃女大生的順口溜是「大一驕，大二俏，大三拉警報，大四沒人要」。榕嘉的父母替女兒做的人生規劃雖是大學畢業以後出國留學，卻也常常提醒女兒，像亦嗣這樣的就只能做個普通異性朋友，當不得數，鼓勵她另交「志同道合」，將來打算出國讀書的男朋友才是正辦。

嬌生慣養的榕嘉在父母和年齡的雙重壓力之下，再不懂得未雨綢繆預想明日，到了畢業前夕也感覺需要正視和亦嗣多年的感情竟要何去何從？

「你以後到底出不出國？」在咖啡廳情人座上的榕嘉躲開亦嗣雨點一樣的吻，再度提出嚴肅的一問。

「我愛你，我好愛你！」從軍營裡放假出來的亦嗣心裡只想溫存。

榕嘉薄怒道：「你知道如果你不出國，我們就完了！」戒嚴令下的台灣，國民出國不易，除了少數皇親國戚來去自如，只有「留學」是一條正道。

亦嗣忙說：「我以後是要上船的，上了船不等於出了國一樣？」

榕嘉知道那可不一樣，心裡很悲傷，覺得和所愛的人沒有共同的未來，就流著淚瘋狂的回吻男友，在心裡道別。亦嗣的熱情被女友的主動更加激發，一時血脈僨張，手上就不老實起來。

「不要，亦嗣，不要！」榕嘉盡責地抵抗，「不要這樣，我要回家了！」

亦嗣真不甘心，他的每一次放假都得來不易。可是到底是在咖啡館的雅座上，能做的事情有限。他下定了決心，一定要找個地方，讓他們的愛情徹底成熟。

個把月後榕嘉直到坐在亦嗣摩托車的後座，臉貼著他的背，手環著他的腰，都還不敢相信自己有這麼大的膽子撒下大謊，告訴隨隊老師家中有急事，臨時退出畢業旅行，任由在中途攔截的男朋友帶了走。

雙載的摩托車離開台中後一路飛馳，榕嘉的心裡又興奮害怕、又有浪漫的憧憬，以致無暇細顧兩旁風景，只知道他們一直向山裡跑，經過一個地界，石碑上刻「谷關」兩字。那以後天就漸漸黑了。

山裡沒有光害，旅館的房間即使只垂掛著薄窗紗也是漆黑一片。先進門的亦嗣沒開燈，榕嘉垂首站立房中不知所措。

「榕嘉，噢，榕嘉！」亦嗣且喚且吻，抱起她輕放床上。

榕嘉全身僵硬，彷彿受驚過度，任由擺布。可是既然接受慫恿脫隊而行，又經歷了拿出身分證登記住宿的尷尬場面而沒有逃走，默契形成，一切應該已經盡在不言中。卻在兩人剛剛肉膊相見，亦嗣深自陶醉的當兒，榕嘉忽然掙扎起來：「亦嗣，不要，不要，求求你——」

亦嗣策劃良久，在部隊打躬作揖，求爺告奶，代了同僚多少勤務，才得以配合在榕嘉畢業旅行的時候放到假，又精算好時間，凌晨即起，趕到半路成功攔截。正是期盼多時，眼見自己的愛情即將開花結果，榕嘉的軟語哀求聽在耳中有音無字，不但不能發聾振聵，根本起了反作用。於是他也口中喃喃相應：「我愛你，眞的，我愛你。讓我愛你……」一面手上和身上都加了把勁，以求制服。

榕嘉忽然把頭一扭，眼淚啪嗒落下。看見愛人傷心，亦嗣立刻清醒，不敢再恃強而進，一面說：「你不願意？我不會強迫你的。」一面睡回榕嘉身邊，替兩人拉上被子。

良久榕嘉幽幽問道：「你生氣了？」

亦嗣簡短答道：「沒有！」

數秒靜默，榕嘉哭著聲音堅持道：「你生我的氣了。」

亦嗣心中其實一片空白，腦子在胯下還沒歸位，並不是個能思考和辯駁的時候，聞言只是沉默。

消停數秒後，榕嘉忽然抱住亦嗣，鼻子埋進他的胳肢窩，哽咽道：「我愛你！我愛你！」她的理智被心裡他倆沒有明天的堅決和浪漫掩蓋了。

亦嗣感覺溫熱的處子之身緊緊貼住自己，他的手未經大腦指揮自動游了過去。他痛苦地呻吟了一聲，哀求道：「離我遠點吧，我怕自己忍不住強姦你。」

榕嘉還是哭，身子微微發顫，彷彿下了獻身的決心，卻又嚶嚶啼哭得極爲傷心。亦嗣被愛人發送的矛盾訊息困擾著，心也掙扎著，手在女人光滑的背脊上撫摸，耳中的哭聲卻在提醒他不可造次，天人交戰良久，憐愛克服了欲望，他低頭吻吻她的額角，柔聲道：「你想等到結婚那天對不對？」感覺榕嘉點了頭，他就像個英雄一樣，慷慨地說道：「放心，我不會強迫你的。」

榕嘉止住哭聲，抽抽噎噎地道：「我怕懷孕，然後我們又不能在一起——」

只是怕懷孕？不是生氣，不是不願意？亦嗣有了希望就來了精神，誠心誠意地道：「不要怕！你還不相信我嗎？我會負責，懷孕我們就結婚，不，不等懷孕我也要娶你。

我愛你，眞的愛你，我只想永遠跟你在一起——」他的手幫起忙來。

「亦嗣！」榕嘉哭喊他的名字，聲音裡盡是告饒之意：「不得到我父母的同意，你怎麼負責？我們怎麼可能結婚？」

「好好好！」亦嗣聽到女友提及「父母」就完全清醒了，口中說著身體也滾了開去，「不碰你不碰你！」

亦嗣汗濕的身子暴露在山區的冷空氣中感覺異樣舒暢，他迷迷糊糊地有了點睡意，朦朧中還想，既然不能成其好事，就此睡去作個好夢，倒也聊勝於無……

偏偏就在他將要入夢的那一瞬間——

「你生我的氣了！」榕嘉又靠了過來。

「沒有！」亦嗣覺得自己哭得出來的話也要哭了。他哀求道：「拜託，饒了我，睡覺好不好？我早上三點就起來，騎了一天的車，我們純睡覺好不好？」

榕嘉不說話，從身後環住他的腰，淚痕未乾的臉貼在他的背上。亦嗣歎口氣，眼睛雖然還閉著，人已經醒透了。屋裡黑，眼睛張著和閉著沒差別，她光溜溜的身子貼著他的，腦子裡想著更讓人受不了。亦嗣伸手啪地一下開亮了床頭燈。榕嘉嚇了一跳，往後彈開，裹進被裡，顫聲問道：「你要……幹……嘛？」

「讓我看看你，」亦嗣的聲音出奇地鎮定與溫柔，「只想看看你，什麼也不會做。」

亦嗣輕輕地掀開被子，驚歎眼前榕嘉毫無保留的美麗，一面不忘保證：「不要怕，我不會怎樣你的……」

榕嘉流著淚喃喃地說：「不要忘記我……我只要你不要忘記今天……你會不會忘記今天？會不會忘記我？」她的底線是爲將來的丈夫守貞；她知道，那個人不是自己今夜的愛人！

「啊——怎麼會忘記？」亦嗣用痛苦的聲音回答榕嘉的請求：「一輩子都不會忘記！」

他以爲那夜用唇細品後又在燈下以眼掃描，已經背下了愛人的每一個細節，即便日後不能娶她，做對神仙美眷，也將要終生銘刻在心。哪知一夜良宵苦短，人生卻很漫長，以致他們年過六旬才第三次重逢時，他對此事記憶的版本已經去蕪存菁，只剩下年輕的自己如何信守承諾，曾經大德高義，是個坐懷不亂的今之柳下惠！

「我永遠記得谷關那個晚上的每一分鐘！」長年生活在男女關係相對開放國家的經驗，和年紀的增長滌除了往日的羞澀，老去的榕嘉溫柔而坦然地追憶著青年時的那一夜。七〇年代美加邊界雖曾二度重逢，緣分卻只有短短一天一夜，一別竟又過去了三十五年，兩人才在台灣第三度重逢。

看來經濟條件甚佳的亦嗣請舊情人上的這家台北法國餐廳可不普通，一客主廚推薦套餐要價近萬元台幣，不過音樂輕柔，燈光迷濛，很適合愛人談心，可是菜都已經上到甜點了，榕嘉還是感覺兩人距離沒能拉近。她在台停留時間有限，怎能甘心讓牽掛了幾十年的初戀成泛泛？情勢逼得榕嘉使出殺手鐧，罔顧突兀，主動提起那個有點尷尬、可是亦嗣答應過終生不忘的四十年前「初夜」：「你說你一輩子不會忘記。你好可愛！從床那邊爬過來，那個樣子，太性感了！我常常作夢夢到你那個時候的眼睛，」她輕歎道：「你的眼睛裡有一盞燈，你說就想看看我，什麼都不做！」

「老了，現在也什麼都不能做了。」亦嗣有招接招，幽默地自我嘲諷。不跑船後，他跟著姊夫轉戰企業界，趕上了台灣經濟起飛的好年頭。台北商場應酬頻繁，亦嗣菸酒過度，外表看起來比實際年紀大；吃得太好，平時又有車代步，只在週末開著高爾夫球小車登上果嶺，看到球了才邁前兩步揮它一杆，沒有足夠運動，人胖了許多，不過多年養尊處優，風度反而變好了，肥肥短短的手指交錯捧在自己的啤酒肚上，面向榕嘉，態度從容，眼睛裡也還放著光。他並沒有忘記自己的初戀，可是男女腦筋有別，不像榕嘉的回憶重點都在「小字」裡，亦嗣的記憶裡只有「微言大義」；起碼眼前的美籍華裔老婦和亦嗣記憶中的女神已經對不上號了，連朦朧的燈光下他都看不出哪裡還有幾分初戀情人的風韻？對面的初老女人雖然看起來身體健康，精神矍鑠，可是素面朝天，俐落的短髮還有藏不住的星星白絲，跟他這些年習慣看見，總是精心修飾過的台灣女人不是一路。一會他說：「美國崇尚自然噢，我也是這樣。你看，我也是連頭髮都不染的。」

榕嘉一面解釋如何因爲每天晨泳，泳池裡的化學藥水有漂白作用所以不能染髮，一面心中暗自驚覺亦嗣其實已經注意到自己年華老去。榕嘉自從大學畢業離開台灣赴美求學以來，很少回到家鄉，即使來去也只短暫停留，卻每次都爲家鄉的變化震驚。尤其近年台北蔚之成風的醫美整容，眞教她這個美國回來的洋包子瞠目結舌；台北小，社交圈就那麼一點大，很容易碰到老熟人，她這次先就巧遇了亦嗣的姊姊安心。安心比她和亦嗣大了好幾歲，算算都奔七十了看起來卻還比榕嘉年輕！亦嗣的聯絡辦法就是安心給她的。當年兩人美加邊界一別失聯以後，共同熟人間還是間歇聽過彼此消息，知道各自有了家庭。二次重逢時未屆而立，未婚未嫁，卻處理得不好，慘烈分手，榕嘉不敢隨便提及；其實要不是聽安心說亦嗣現在過得很好，哪怕都是老人了，榕嘉也連主動聯繫的勇氣都不會有。

她這次歸期長，節目少，大把空閒需要填補，卻還是猶疑到剩下幾天就要走了才鼓勇聯繫。「加起來一百多歲了，不過是和三十多年沒見的老朋友通個電話敘敘舊……」她自我欺騙著。然而畢竟是初戀，分手後雖然沒有天天想念，確實未嘗相忘。還沒見著人，她聽見亦嗣電話那頭的聲音像在發抖，感覺時間沒有減低她在他心裡永恆的地位，虛榮心一滿足，順理成章地就約著見了。她對他的外表倒不覺得特別失望，到了這個年紀，故人「在不在」比「胖不胖」有意義，頭髮「有沒有」比「白不白」更重要。

「多久了？有沒有三十五年？上次見面是在尼加拉瓜大瀑布。」亦嗣輕巧說道，一面還笑了：「記不記得，那個時候我就不行了。」

榕嘉輕輕喊了出來：「你還記得！」一面老臉都紅了。

第二次重逢出了糗事；榕嘉頗爲驚異她以爲是今生休提的天大祕密，亦嗣卻態度輕率地敞開來就聊。

當年已經分手了的兩個愛人千辛萬苦地約到第三地去見面。一進房間，兩人都想到五年多前谷關那夜的未盡之意。亦嗣就親吻起榕嘉，心中湧上無限柔情；這次不同，這次是榕嘉主動要他來的。她出國後忙著適應新環境，他跑船收信不便，雖未明言分手，卻很快連信都不通了。亦嗣工作的貨櫃船第一次停靠美東大港，只有短暫停留，他猶豫許久要不要給榕嘉打電話問候？他高興自己到底是打了電話，畢竟是相戀多年的初戀情人，電話上聊著聊著就感覺舊情復燃。原先亦嗣不抱任何希望，只想問問近況，他想哪怕榕嘉說要結婚了，他也只會獻上祝福。沒想到她卻坦誠地盡訴相思，最後告訴他明天需要出境，去趟多倫多辦理護照事宜，很希望他來一會，她會安排好旅館，先他入住等候。雖然他明知此行有凶險，如果逾假未歸就會被當成「跳船」，可能就此流落美國，成爲黑戶。前輩都警告他別去邊界，他手上那本不大好用的中華民國護照上面沒有加拿大的簽證，形同「無證旅行」，隨時可能觸法被抓。然而所有的顧忌都敵不過思念的心，亦嗣硬著頭皮赴了約。

「還好來了，」在隱約能聽得見遠處瀑布轟然，伸手不見五指的旅館房間裡，他的唇得以探尋舊地。亦嗣心裡想：「一切都值得！」榕嘉比在台灣的時候豐腴了一些，吻著情人柔滑的肌膚，亦嗣感覺如幻如真；唯一踏實的是這裡不是他們封建保守的家鄉，是遠在千里之外，尼加拉瓜大瀑布旁邊的旅館蜜月套房。雖然他們還不是名正言順的新婚夫妻，少了那一張遲早要補上的婚書並攔阻不了他的熱情。亦嗣當完兵後上了船，五湖四海漂泊了數年，在世界各大港口經驗過各種膚色的伴侶，早非昔日谷關毛手毛腳的吳下阿蒙。他拿出手段，慎重輕柔，慢條斯理，他要給他的女神一個浪漫的初夜。

榕嘉的淚沿著臉頰流下的時候，亦嗣初初以爲那是快樂的眼淚。他輕輕地吻去一滴、兩滴，三滴、五滴，八滴、十滴……終於有點慌亂地問道：「寶貝，怎麼了？怎麼好好的傷心了？」

榕嘉卻從無聲的啜泣漸至號啕。亦嗣把佳人抱入懷中，心痛又不解，揉亂了榕嘉的頭髮，喃喃安慰：「我不會傷害你的，我會很珍惜你，我愛你……噢，你知不知道我有多愛你！」

榕嘉把頭埋在亦嗣的胸膛上痛哭，斷斷續續地訴說她出國以來五年的苦況；她到美國的時間正好撞上保釣運動高潮，在台灣戒嚴令下長大的青年只要還有點熱血，對革命的浪漫哪有抵抗力？榕嘉丟下功課參加了保釣社團，又因爲長得體面，會說會寫，還被推到了隊伍的前排，暑假到紐約去串聯遊行以後就被國民黨的職業學生盯上，打了報告回台灣，上了當局的黑名單，有家歸不得了不說，還連累了在公務機關任職的父親。身在異國，內外交攻，學校成績就落下了，混了兩、三年，獎學金沒希望了不說，早該到手的文學碩士學位也遙遙無期，只好以打工爲主，工餘轉讀兩年制商科。哪裡想到拿到了初級商科證書，沒有居民身分還是找不到工作，只得接受一個畢業就能申請綠卡的電機博士追求，辦了結婚登記。這次她出境改簽後回去就舉行婚禮，搬進快要排到號的已婚學生宿舍。她約了亦嗣來相會是要道別，他們只有這一夜的緣分。她不愛那個人，她不願意爲沒有感情的丈夫守貞，她愛亦嗣，她應該在谷關的時候就把自己給他，她哭著要他理解，她不能讓父母感覺她在美國混不下去，兩老還期望將來她能幫助弟弟留學呢。而且別說她回不去了，就是她能回台灣，她父母也不會讓她嫁給一個終年漂泊的水手；她怎麼忍心讓盡心栽培她，送她出國留學的父母失望?!

「你就對我忍心？你就讓我失望？」亦嗣感覺涼水澆頭，心碎成了齏粉。雖然自從榕嘉離開台灣，他就對和所愛長相廝守不再懷抱希望，而且初分開時的刻骨相思，經過五年也已冷卻，可是既然男未婚、女未嫁，愛意不滅就不至於心死。尤其這次榕嘉刻意安排重逢，他也排除萬難，冒險來會，就是因爲激情復燃，燒得失去理智。誰知今夜他冒萬難赴約竟是訣別！亦嗣一下內心翻攪，痛斷肝腸，也流下了眼淚。他痛苦地閉上雙眼，沉重地說：「爲什麼不在電話裡就告訴我？」

榕嘉沒有回答，只在行爲上反守爲攻，學著亦嗣原先的樣子對因爲傷心過度而偃兵息鼓的男友癡纏起來。亦嗣心裡煩著、痛著，卻畢竟是個年輕男子，他的熱情和怒火在榕嘉的挑逗之下同時高升，他開始有了反應，口中猶自恨道：「你都要去嫁人了，跟我這樣你不怕懷孕？」榕嘉還是沒有回答，她的上半身已經睡到了床的另一頭。

他的身體享受著愛人的纏綿，心裡卻憤怒自己的女神怎麼可以像個港口的妓女？而她和他竟只今夜，今宵別後她就會和另一個男人在一起，一輩子在一起！

亦嗣突然口中狂喊一句：「我操你！」猛地翻身壓住了榕嘉。受辱的榕嘉嚇傻了只一秒，旋出死力一把推開亦嗣，放聲大哭起來：「我要你愛我！——嗚嗚——你不愛我了呀——」亦嗣立刻受驚收斂，起身道：「算了，算了，我現在就走，免得趕不上船。」

榕嘉哭著抱住他：「不要走！我不許你走！」

「我不走，你嫁給我？」亦嗣沒有得到答案。他歎口氣，摸摸榕嘉的頭髮說：「不是你爸媽看不起我，是你自己看不起我。你還是去嫁給你的博士吧。」

榕嘉緊緊地抱著亦嗣，怎麼也不肯鬆手；感覺虧欠他的深情，只能用自己來償還。她把臉面丟開，繼續癡纏，不肯放手。弄到最後亦嗣也想成事，可是太遲了；無論如何努力，他竟雄風不再。

折騰到天亮，兩人疲倦得睡去，此生竟然又一次辜負了良宵。比前次還糟的是，這一次兩人心靈上都留下了創傷。一前一後離開旅館的時候，連眼睛都刻意避了開去。亦嗣怕趕不上船，心神不寧，臨去匆匆，旅館錢就掛在了榕嘉放訂的信用卡上，後來的丈夫付帳單時數落了榕嘉幾句，怪她一個窮學生獨自住高價套房，婚後幾年還用來當成老婆手鬆的例子以閒聊趣譚的形式在別人面前複述，讓件小失誤成了難堪回憶，一次次提醒榕嘉沒有如願，以處女之身嫁給了她感覺不愛的男人。此後多年，她偶爾想起尼加拉瓜瀑布蜜月套房裡瘋狂的一夜，也檢討過究竟是亦嗣生理有問題，還是自己太歇斯底里逼退了伴侶？亦嗣離開後則是冒險狂飆，把命都豁出去趕路，在最後一分鐘跳上了為他延遲出港的商船甲板。可是終究是犯了大錯誤，返台後他不獲續聘，被迫離開了鍾愛的航海生涯，幸好開公司的姊夫收留了他，就從替姊夫提皮包開始學做商人。他的這趟受創之旅除了日後志業上的影響，只證實了愛人瞧不起他，他的女神從此琵琶別抱，再會無期。

然而人生是如此難料，他們初老又在台北第三次重逢。

「怎麼不記得？」亦嗣強笑道：「畢生奇恥大辱！還好後來我太太替我生了兩個小孩，我才重拾信心。你有小孩嗎？」榕嘉搖頭說沒有，她養了三隻狗，也跟小孩一樣。榕嘉說完，有點落寞地低下頭去專心吃甜點。

「你的髮型像你小時候的樣子，」亦嗣望著榕嘉垂著頭的側面，黯淡燈光下看見她的耳朵和脖子線條宛如從前，忽然心裡一動，喚起了雖已深藏卻從未遺忘的柔情，「後來你一直留長頭髮，那時候你常綁個馬尾。」

「還不是因爲你說喜歡我那樣！」榕嘉抬起眼睛來看人，前額落下幾縷髮絲，讓亦嗣想起她以前老愛從瀏海下瞄他的樣子。忽然之間，亦嗣的腦子從眼睛收到的訊號開始自動過濾掉歲月，眼前的女人也變得越來越像他年輕時就熟悉的那個人。他伸出手去握住榕嘉的手。

「唉，你還有從前的樣子，可是你在路上看見我不認得了吧？都民國一百年了才再見面……」亦嗣歎氣道，又柔聲問：「這些年，你過得好不好？」兩人早就在上開胃菜時就相互問過好，可是到吃完甜點以後握住手再問的這一句才讓榕嘉感受到情意。

榕嘉的淚在眼眶裡打轉，搖了搖頭，開始細訴：去年有人看見她的教授丈夫和個華裔徐娘學生在機場擁吻，雖然事後說是女學生已經離開當地，未再出現，丈夫也表示懺悔，兩人諮詢了幾個婚姻專家企圖挽回，她都感覺不能原諒。和丈夫正式分居快半年；不去撤銷，就算離了。雙方雖是協議分開，三十多年的婚姻玩完還是教人難過。獨居無聊，她寄情工作，沒想到公司遭到年前金融危機衝擊，效益大幅滑落，強迫資深員工放假，她從天天加班忽然變成手上有一個多月的假期需要排遣，生活變化太大不免適應困難，怕宅在家裡憂鬱成病，計畫出去散散心。可是無論到哪裡去度長假都是筆龐大開銷，幸好她父母雖然多半時間都在美國她弟弟家中依親養老，台灣的老公寓還空在那裡，榕嘉回去有不要房租的地方住，台北就成了唯一選項。本來她剛到台北時感覺比在美國還悶，天氣濕熱，房舍老舊，出去人擠人，滿街廢氣，環境差透了，一點都不好玩。可是等到逐漸聯絡上昔日同學、朋友，大家聚會串門，一個拉一個，擴展了社交圈，榕嘉的日子就有了生氣，雖然還是感覺台北的居住環境太糟糕，可是人情的溫暖讓她開始流連忘返；再等到亦嗣牽起她的手，台北就是可愛的家鄉了。

他送她回家。她下車前像個洋婆子那樣湊過去臨空啄一下他的面頰，他就順勢輕輕吻了她。亦嗣感覺自己緊張得像十八歲，在那時還是日式房子的她家門口；扶著榕嘉下巴的手都在發抖。

亦嗣開車回家的時候有點恍神，一路回味著那個闊別了三十五年以後的吻；想起第二次重逢時榕嘉爲他打氣加油，說過西洋文化裡「性」的意義止於「性」，「吻」卻代表了愛情，言下之意是原諒他當時的差勁表現。他在花花世界的台北商場打混多年，跟時常出入風月場所的其他男人相比，算是潔身自好。台灣男人要談生意很難避免有「美眉」的酒店，去了還不能正襟危坐，顯得不合群，可是亦嗣頂多伸下「鹹豬手」吃吃豆腐，哪怕主人堅持「請客」，他也從來不帶小姐出場。豬朋狗友笑他怕太太，他都說自己跑船的時候「玩夠了」。其實自從經歷了尼加拉瓜瀑布那個磨人的夜晚以後，他失去了信心，間中和煙花女子的緣分，成功率也不如預期，漸漸就遠了女色。直到遇見小他十歲的太太，非常有耐心的對待他，而且很快懷了孕，浪子就定了下來。亦嗣很愛自己的家庭，尤其是他的一兒一女，對太太他很「尊重」。可是那不是愛情。他愛過，他知道。

讓他神魂顛倒的女人又出現了。「都老成那個樣了，」亦嗣在心裡狠狠攻擊老情人的外貌，想讓自己死心：「連妝都不會化！頭髮也不染一下！」可是爲什麼自己卻心神不寧？「還好只來亂一下就快走了！加起來一百二十歲了，也不過是個老朋友……」他一面想著就拿出手機，撥通榕嘉的電話，說要替她餞行。

榕嘉說後天就要走了，冰箱裡很多食物要處理，如果他不介意，家裡聊天方便，讓她來做東，也幫著消化一下存貨。亦嗣到的時候才發現，存貨都是水果，主食還是外面買來的，她就煮了個飯，開了瓶紅酒。兩人邊吃邊聊，談的都是過去的趣事和熟人的近況。

飯後榕嘉邀他到陽台上去看夜景。老房子的地理位置好，改建成大樓後分給原屋主的一戶正對森林公園，白天可能景觀宜人，可是入夜黑成一片，哪有什麼看頭？可是穿著露背大花長裙，身材沒大走樣的榕嘉凭欄一靠，亦嗣自然而然地就從身後環住了她；亦嗣這個動作熟極而流，像兩人之間練熟了配合無間的舞步。可是他旋即生起自己的氣，感覺又一度落入了榕嘉預設的圈套。

「老人婆了還敢跟我來這一套！耍我！」他憤憤地想，手卻放不開。臉貼著臉，亦嗣還故意去追憶此次重逢後榕嘉臉上的皺紋和眼袋來噁心自己，可是腮幫子上的肌膚之親卻非要讓他想起年輕時候愛人像剝殼雞蛋般光滑的面龐，懷中老婦漸漸幻化成他心中永遠的少艾。他的思想一下跳到某次酒店裡哪個小姐引述的其他酒客名言：「愛情都是想像出來的！」他恨自己的想像力，勒令大腦停止聯想，卻停不了。他扳過榕嘉的身子，像年輕時候那樣動情地深深吻著她。

她的手伸進他襯衫，撫摸到他腰間層層鬆垮贅肉時，亦嗣才驚覺今夕何夕？輕輕推開榕嘉，無奈地說：「很晚了，該回家了。」

在門口送別的時候，榕嘉把亦嗣拉住，主動擁吻道別，她的眼淚流了下來，說：「我愛你。」亦嗣痛苦地說：「別說了！加起來一百二十多歲了，說這個還有什麼意思？」

他不知道到了這個年紀，人還能爲從前的那點事傷心，發動車子的時候，亦嗣後悔了一下沒把降血壓的藥帶在身邊；他把冷氣調到最高，又把車窗也降下來通風，避免頭昏。亦嗣感覺這是另一個挫敗的夜晚，榕嘉拿他一個垂老的有婦之夫來證明自己的魅力猶存簡直是不道德，而他，哪怕激情不再都偏偏對她一點抵抗力都沒有！他安亦嗣是一個什麼大風浪沒見過的老水手，竟然又著了關榕嘉這個女人的道？難道她這樣勾引他，請了他到自宅款待酒菜，以為他會「收下」一個比自己老婆大十歲，熱吻時完全不感覺衝動的老太婆？

可是又一次亦嗣不記得自己是怎麼把車開到家的。今夜更甚，他連自己怎麼漱洗睡上了床都不明白；身邊躺著為他生兒育女的妻子，心裡想的全是榕嘉，樣貌、聲音，短頭髮、長頭髮、從前的、現在的，具體形象完全不重要，反正喜怒嗔樂，老了還是那個人！

榕嘉也想著亦嗣，覺得回到了從前的感情。亦嗣現在老胖又不健康的樣子並沒有讓榕嘉倒胃口，反而產生了憐惜，她眞想陪在他身邊，鼓勵他和她一起去晨泳、打球、散步，過健康的生活。接下來兩天週末雙休，她打他手機沒人接聽，忽然想到他是有家室的人，週末是「家庭日」，可能不方便，心就痛了整天。離開那天她一早接到亦嗣的電話：「你今天就回去了吧？沒有時間替你餞行了，就在這裡祝你一路平安。以後……見面也不容易了吧。」

「亦嗣，」榕嘉喊他，聲音裡已經帶著淚，「你保重，我擔心你的身體，多運動。」

「你還是跟你先生和好吧，如果你以後一個人，我也不放心。可是我老婆沒有對不起我，我想了很久，我不會離婚的。唉——」亦嗣的聲音起先很沉重，歎口氣後，他儘量輕快地說：「你們也老夫老妻的了，有什麼過不去的？我對我老婆的要求不高，她找我麻煩，我就躲遠點，我們有孩子，日子過得下去最重要。」

榕嘉說：「你能想到要不要和你太太離婚，我就很感動了。是我對不起你，可是當年我上了警總的黑名單……」

亦嗣有絲不耐地打斷榕嘉的話頭，道：「我沒有想過要離婚，小孩都那麼大了，怎麼可以隨便離婚？我也不會有婚外情，我爸爸有外遇，娶了二房，我媽媽孤獨傷心了一輩子，我娶我老婆的時候就決定絕不能像我爸。怎麼說呢，是我們沒有緣分，我們的一切都過去了，配偶也是自己選擇的。」

榕嘉感覺亦嗣的話說偏了方向，有點不高興，帶著反駁的語氣道：「誰要你有婚外情？我怎麼可能跟別人外遇？就算你和我都離婚了，我們也不一定會在一起的。」

「你是博士夫人，美國留學生，」亦嗣冷笑起來，「你哪裡看得起我們這種落後國家的土包子！」

兩個人像小孩一樣吵起來，找著對方的語病攻擊，話不投機，不久說「再見」的時候已經沒有意思要再見了。

榕嘉在飛機上怎麼也睡不著，一路想著亦嗣，回味著兩人的第三度重逢，覺得三十五年才一見的愛人，居然弄得再度含恨而別，懊惱非常，卻又感覺今後自己是拉不下臉和亦嗣保持聯繫的了。

榕嘉回到美國家中，在她休假期間暫時搬回來，替她照顧狗的丈夫帶了她的三隻愛犬歡迎她歸來。丈夫說她有時差，要她先休息，他會自行收拾東西關門離去。她躺在床上卻睡不著，聽到丈夫在外面喊著餵狗，後來又進屋來。她的心裡想著亦嗣，想著他們在台北重逢後熱切卻毫無激情的長吻。榕嘉忽然覺得比自己還大了好幾歲的丈夫已經算是個老人了，和女學生鬧鬧緋聞，能做得出什麼來呢？哪怕丈夫現在還心裡天天想著那個女學生，並不影響他們一起供房屋貸款和餵養三條狗呀。原來人可以心裡想著一個人，日子卻一天不落的過著。思想是誰箝制得了的呢？接個吻又是什麼不可寬恕的罪呢？她想著微笑了，她無法原諒丈夫對婚姻不忠，忘了自己還計畫過一個不忠誠的開頭，只是亦嗣沒能配合。榕嘉感覺漫長婚姻的美滿和中樂透一樣需要運氣，將就一下，一輩子也就過了！榕嘉胡思亂想著更睡不著了，索性從床上一躍而起，走過客房門口時，佇足對正在收行李的丈夫說：「你那邊的房租不便宜吧？如果你不介意住在同一個屋簷下，行李先不用收了。」

二〇一二年九月二十五日定稿

蝶戀花

銀俊專注地擦著少女濕濕的卷髮。空氣裡除了雨天的潮氣，少女髮梢殘留的刺鼻化學藥水氣，還有兩個年輕身體噴出的微微汗酸氣，實在不太好聞。可是最讓銀俊感覺難耐的卻是他處男體內那股無臭無味，四處遊走，巨大到要爆炸的莫名之「氣」。

郭小美宣布想改名字的時候，家裡人人反對。

丈夫說：「誰說超過四十歲叫『小美』是裝可愛？人家我們就是這麼可愛不行嗎？跟你講哦，改了我還是叫你『郭小美』！」

大弟蔡正土說：「『菜市場名』又怎樣？改名證件什麼一大堆都要改。你看我，除非有人叫『眞土』，還有誰的名比我的聳？我都沒改，勸你別找自己麻煩了！」

小弟蔡正火說：「千萬別改，你這個名字運氣好欸！不然爲什麼我們家只有你賺『美』金？我老婆一直怪我名字帶衰，說如果不是我叫『正火』，廚房怎麼會失火三次？奇怪了，她不說她媽媽有健忘症，來我家爐子一開就忘記關，還敢叫我改名？我跟她說老子坐不改姓，行不改名，爲了維護姓名權，再囉嗦就請她改老公！」

被小美喊老爸的繼父蔡有呷冷哼一聲道：「我也講是最好別改，你若硬要改，改姓蔡還差不多！那沒你就是吃飽太閑！」

只有媽媽郭寶珠熱心參贊，甚至到處代爲打聽高人，慫恿女兒找算姓名筆劃的「老師」取新名字，還代爲預約。到了日子，寶珠更以行動支援，一大早就從台中乘高鐵北上，專程陪女兒去求教。

人稱田老師的算命先生大隱於市，住辦兼顧的SOHO就在鬧區一棟老公寓的四樓，主人和地方一樣不起眼，作業流程卻很專業；不但有一位女助理接電話，更在登錄預約的同時就取得客戶的生辰八字，讓田老師事先排好命盤，節省雙方會面時間。小美母女剛才落座，一份列印好的紫微斗數和幾個候選名字就擺在了她們面前：

「你把一看就喜歡的名字先挑出來，我給你講解。」老師把筆遞給小美，要她在看中的名字旁邊打勾，「靠你第一眼的感覺，所以我都說一見鍾情最重要。」

小美瞪著那一列保證好命，卻不如她期望中風雅的名字，良久都找不到「感覺」；其實她不大信這一套，帶著媽媽老遠跑一趟只是不忍悖逆慈命，有點「彩衣娛親」的意思。她做慣老闆的人辦事講究效率，習慣馬上給個答案，就對老師說：「看起來都差不多，一時之間很難選擇。不然這張我帶回去參考看看好了。」一面作勢開皮包準備取出預先包妥行情價的紅包作酬謝。

田老師久經江湖，不怕客人問題多，就怕客人沒問題，那才教他心裡沒底；這門生意完全靠口碑，一定要滿意才許出門，就攔住小美，不讓拿紅包，一面殷勤解釋推薦，一面小心察言觀色。然而貴客咿哦相應，明顯不夠熱心。這讓田老師有些不高興，就語轉嚴厲地說每個名字都有特點，要配合客人的要求，比如爲己求財、爲家人求平安、爲丈夫斷孽緣等等，光拿張名單回去參考是沒有用的。

小美心想自己是如同上帝的顧客，來照顧生意尊稱一聲老師，卻並不眞想像學生一樣聽訓，就無可無不可地說：「我也沒有特別要求什麼，就是不喜歡現在的名字，可是我不會取名，想不出什麼好名字，其實不改也可以……對了，我姓郭或姓蔡有什麼分別嗎？我現在跟我媽姓，可是我爸說要是我改名的話，反正要辦手續，不如就改跟他姓蔡。不過我不想叫『蔡小美』，像『詩萍』這種我比較喜歡……」

田老師把電腦中的資料打開，沉吟道：「你是民國五十八年次，可是你生日是屬猴的，屬猴的話，姓郭比較好。如果你晚幾天生，就屬雞，那就姓蔡比較好。」聽見客人追問，田老師覺得自己的專業終於被重視了，就用權威的態度釋疑道：「這麼說吧，猴子是不吃草的，姓郭或姓蔡沒差，如果屬雞，又姓蔡，你看，蔡是草字頭，草就是菜，菜裡都有菜蟲，一隻雞又有菜、又有蟲，那就吃不完了。」

小美聽說差點笑出了聲，什麼屬雞的吃菜蟲？難道老爸蔡有呷的「蔡」是「有機蔬菜」？扯到哪去了？如果不怕太無禮，她當場就想把紅包裡的兩張千元鈔票抽一張出來。正想付錢走人，媽媽寶珠卻開腔了：「老師說得眞有道理。我也有一個名字想請田老師看一下好不好？」

田老師曉得自己沒有收服小美，寶珠看來卻有潛力開發成長期客戶，就和顏悅色地說，今天正好比較空，有緣的話，奉送幾個名字也無妨，請問八字？

寶珠有點慚愧地說，當年離開農村搬到鎮裡才補辦戶口，生年是對的，卻從來不知道自己確切日期和時辰，所以多年來找人算命都因爲缺少完整八字，以致有些準，有些不準。她心裡有一個很喜歡的名字，聽說配合生肖，再輔以面相或手相也能行，就斗膽請教？

田老師面上露出「遇到我算你走運」的微笑，搖頭晃腦地說：「術業有專攻，別人都不懂我們這一行是分得很細的，通常摸骨的只會摸骨，相面的只會看面相，最多還會看個手相，像我是難得的樣樣精通。本來天機不可洩露，你不問我是不會講的，看來你我有緣！」他要寶珠把現在的名字和想改的名字先寫出來。

小美已經坐不住了，就說：「媽，我改名你湊什麼熱鬧？」

寶珠沒有理會女兒，逕自在紙上寫下「郭寶珠」和「楊小蝶」。老師一一算了筆劃，又細細地看了她的雙手，拿原子筆筆尖在她掌上比劃幾下，又倒轉筆頭在她臉上丈量，半晌才下結論道：「還好你不叫楊小蝶。」然後就每個字的部首、筆劃加以分析說明，還列舉五行五格，講得複雜無比，最後他建議寶珠可以考慮改叫「楊筱蝶」，說是同音，筆劃又好，不過如果是「郭筱蝶」就更好。

小美插嘴道：「我媽屬鼠。」本來還想問，屬老鼠的姓「鍋」是不是也吃不完？臨時嚥回去沒說出口的調侃，留下了一抹微笑在唇角。

田老師注意到了，把眉一皺，不屑地搖頭道：「不是每個人都看生肖。如果我只有那一套，也不敢做老師了對不對？」

寶珠點頭歎服道：「我出生的時候就有人算過我姓郭較好，所以我父母才把我送給姓郭的養。」後一句還是特意轉過頭去，對著女兒說的。

小美受田老師「你看吧！」的得意表情刺激，忍不住搗亂道：「郭筱蝶這個名字命又好，看起來也很美，比我這幾個雅得多。我喜歡！」轉過頭去對著她媽媽說，「如果你不要，就給我好了。」

田老師變色道：「這個名字不是替你算的，不合適！看來你不相信我的話，這樣，不信我不能收費，你把名單還我好了。」

寶珠趕忙爲女兒的無禮道歉，劈手奪過小美半開皮包中的紅包塞了過去，拉著小美對田老師千恩萬謝後慌忙告辭。出得門來甫坐進車裡，母女就搶著埋怨起對方：

「媽，你是哪裡去找來的江湖郎中？什麼屬雞的有菜、有蟲吃不了？」小美開車技術高超，一面閃開小巷中衝出來的摩托車，一面數落母親：「我都不知道你這麼迷信。

名單不給就不給，那些名字土得要命，比小美還差，一個都看不上，不要我付錢正好！你幹嘛搶著付？」

「啥咪我迷信？你如果不信跟來幹嘛？是你要改名耶！對人家老師那個什麼態度？人當做是你家裡這樣教你沒禮貌！」寶珠氣呼呼地說。

「欸！拜託，這麼遠，我自己哪有要來？是你一直叫我來的耶！」小美喊冤，一想不對，又說：「咦？到底是我要改名還是其實是你自己想改才叫我來的？——哎喲，雨下這麼大！」小美一面調高雨刷頻率，一面繼續念叨：「還好，本來差點叫我家老公送車去洗——媽，你怎麼想出來要改『楊小蝶』？是原來在楊家的名字嗎？那到郭家爲什麼要改成『寶珠』？『郭小蝶』不是比『郭寶珠』好聽？——咦？爲什麼你不叫我『郭小蝶』？平平是小什麼，小蝶不是還比小美好一點？」

寶珠懶理女兒的一大串問題，偏頭望向窗外，作狀流覽；偏偏馬路上正在施工，設了一長排路障，擋住視線，雨中滿眼泥濘，毫無街景可言。寶珠退休後和丈夫參加旅行團四處遊覽，足跡踏遍中外各大城市，算是見過了世面。這幾年她住的台中都市重劃，家所在的新區市容比老舊的台北整齊許多；此刻不禁心想：台北眞難看！入秋就下雨，馬路永遠修不完，老是坑坑洞洞。她早忘了四十五年前，十八歲的自己對台北繁華都市的讚歎。

*

那天一過桃園就下雨，出了台北火車站，四圍都在施工，計程車繞來繞去，原本十來分鐘的路開了半小時。寶珠初出遠門的興奮感蓋過了因爲不慣長途旅行而引起的種種不適，可是坐了幾個鐘頭的火車沒暈車，短短的計程車程卻顛得她反胃想吐。

寶珠強壓喉頭湧上的酸水，睜大眼睛看著馬路上的商店和行人，無意間把脖頸伸長，臉也靠向車窗爲了透氣留著的縫隙；迎著飄進窗內夾風細雨的青春面龐上頂著爲了上台北「吃頭路」新燙的頭髮。遠處街上的人看不清，還以爲裡面坐了隻好奇的貴賓狗。

「到位了！」替寶珠介紹工作的親戚大聲宣布目的地到達。坐在後座的寶珠連忙拿起身邊的大包小包準備下車。

這邊的馬路比火車站前還泥濘難行，路邊一條長洞挖成了戰場上的壕溝，旁邊散亂地放著一節節水泥涵管，計程車沒辦法前進，就近在馬路上停了。寶珠抬頭看見大門口「三福模具公司」的招牌嶄新，想到這就是自己將來的工作地點，心中有些激動。

郭家的住房和工廠、公司共著外圍牆，走進臨大馬路的鐵柵欄大門後有片原來像是農家曬穀場改建的寬闊車道兼雜物堆置區。西元六〇年代，原屬邊陲省會的台北城從民國三十八年迎來丟失大陸的中央政府，轉型「陪都」已經十幾年了，可是城市建設需要時間，現在的信義計畫區當時還是一片田野風光；三福公司就是個「住辦合一」的郭家大院，四周都是綠油油的菜田和水稻。

雨下得越來越大，親戚帶著寶珠和行李，替自己打了傘就顧不上她。寶珠用身體護住包著禮物的花布包裹，像隻落湯雞一樣狼狽地跑進廠房，不及安頓，先去辦公室見東家親戚。

五十歲的老老闆郭三福當時已經退居二線，負責管理工廠，把業務交給剛服完兵役回來的長子郭銀俊。郭三福的父母年輕時帶著兒女北上賣菜，後來勤奮興家，在山邊買了地開墾種植，產銷一體，奔了小康。三福不喜歡務農賣菜，做了黑手學徒。出師以後替人家打了幾年工，靠家族資助自行開業；數年後不但家裡的菜田趕上國民政府到台北，地價飆漲，自己的三福工具廠收益也年年增加。

等到兒子銀俊工專畢業，父子兵上陣，生意如虎添翼。銀俊自己懂專業，還有五專同學、師長帶來的業界人脈。社會轉型帶動百業興旺的大環境，銀俊很快就把父親的工廠改制公司，擴大規模，車間升級增加業務，承接製作利潤更高的工業用模具。大展宏圖，當然要增聘人手，去年才從初等職業學校畢業的寶珠就是新請來的會計兼出納；廠裡職工都是中部老家來的鄉親；寶珠雖是養女，說起來跟銀俊共曾祖父，算堂妹，是將來要委以信任，培養擔負起財務重任的「自己人」。

以台北的嚴苛標準，寶珠的皮膚黝黑，薄薄的嘴唇太闊而且不夠紅潤，可是十八無醜女，尤其笑起來像彎月的眉毛和眼睛，讓她看來特別友善，那種好商量、不懂拒絕人的樣子，能讓最害羞的男人鼓起膽子跟她套近乎。初來那天她穿著樸素的白襯衫、花布裙，上半身被雨淋濕，料子成了透明，清楚看見裡面是台北女郎已經揚棄了的老式棉質胸圍，粗線車出的尖頭罩杯包不住發育良好的胸部，腋下一路扣到胃部的保守內衣更遮蓋不了充滿少女誘惑的腰部曲線；下半身的印花褶裙沒有淋透，可是沾濕了的裙襬貼著臀和腿，什麼都看不見卻讓人想得出，更勾起心猿意馬。

寶珠和銀俊看見對方的第一眼就都感覺驚豔了。

怎麼會有這麼好看的男生？寶珠在心中驚呼。她只瞥了一眼，銀俊那張唇紅齒白、眉濃目清的臉，瞬間銘刻少女心頭，再也無法磨滅。這個先被介紹爲「阿俊」、「阿兄」，後來介紹人又說在辦公時間要喊「總經理」的年輕男人，有雙不規矩的眼睛，從她進屋起就毫不客氣地盯在她胸前。她沒有感覺被冒犯，只是芳心忐忑，雙頰發燙，感覺室內其他人都聽得見自己強烈的心跳聲，就害羞地低下頭去了。

「你那個害羞的樣子……真讓人忍不住！」銀俊的氣息呼進她耳中，他用牙齒輕撕寶珠的耳垂，意圖逼她抬頭，「害我第一次看見就想把你……」他說著痞子的情話，手熟練地伸進她的上衣裡。「咦？你換了胸罩吼？」他想到從前讓他花了不少力氣才解開的長排暗鉤老式胸圍，有些自問自答地道：「這個扣子在前面的哦……」銀俊得到破解密碼般的快樂，手上不停，口中輕笑著說：「這個比較方便噢，是為了我買的，對不對？」

雖然晚上住在一個屋簷下，白天又在一個辦公室裡上班，兩個人要在一起弄出點花頭卻並不容易。幾個月來銀俊算是煞費苦心，卻難得再有像第一天那樣的機會——或者是不再有那一天的膽子？銀俊事後回想，自己都被那天的大膽行為嚇到。什麼？雖然早知是個養女，再怎麼說也是親戚，還是良家婦女，連名字都沒聽清楚就上了？後來一起喝酒的兄弟都認為他吹牛，銀俊也自嘲色膽包天是因為「當兵三年，母豬賽貂蟬」，何況那樣一個衣不蔽體、鮮嫩欲滴的「青春肉體」送到面前來？

送寶珠來郭家見工的親戚自己在台北有家要趕回去，把人帶到，略為寒暄後就告辭了。廠裡有職工宿舍，可是清一色男性，寶珠不單是女眷，還算親戚，郭三福要兒子帶寶珠回家去讓老婆阿卿安頓。銀俊就打起傘帶人過去還有幾步之遙的住家那邊。進屋他叫了幾聲沒人應，想想就直接把寶珠領去了客房。

說是客房，卻離開了起居的主樓，像通道一樣連接起後面的偏間廚房；有門無窗，面積卻不小，旁邊還有間專用的浴室塞在通往主樓的樓梯下面。通倉式的房間除了門口留著寬百多公分的一長條，靠牆擺放著五斗櫃和梳妝臺，其餘的面積都被鋪了榻榻米的台式大炕占滿了。台灣熱，大炕下面當然不升火，地板架高，一爲避免濕氣，二爲增加儲藏空間，如果不是進門處留的那一長條地面造成區別，就是間沒有拉門的日本和室。銀俊把寶珠的行李分別堆放在地上和炕上，遞了條毛巾給她說：「你都濕了，先擦擦吧。」

寶珠聽話地接過毛巾蓋在頭上慢慢擦拭，抬手的動作讓她的女性特徵顫巍巍地更爲突顯，銀俊嚥了一口口水，說：「你這樣慢怎麼擦得乾？」不認生地把毛巾接過來代勞。寶珠心跳加快，感覺不妥，可是完全不知道要如何拒絕這個剛見面，卻英俊得讓人心軟的小老闆，只把頭垂低，眼睛也閉上了不敢看。

銀俊專注地擦著少女濕濕的卷髮。空氣裡除了雨天的潮氣，少女髮梢殘留的刺鼻化學藥水氣，還有兩個年輕身體噴出的微微汗酸氣，實在不太好聞。可是最讓銀俊感覺難耐的卻是他處男體內那股無臭無味，四處遊走，巨大到要爆炸的莫名之「氣」。他勉強自己的腦子去想學生時期就開始交往，至今已經談了五年戀愛的女友安心。

安心是台北的浙江小姐，家裡信天主教，自己在美國新聞處上班，學著洋同事叫他「哈尼」（Honey），說是「蜜糖」的意思。他們走在路上都牽著手，偶爾能在送她回家時找到機會在暗巷裡擁抱和接吻，他們的愛情每進展一步都讓他興奮到失眠，他感覺非常愛她，可是兩人一淘時卻從未經驗過像此刻這般的煩躁和壓迫感；擦拭著這個陌生女人的頭髮讓他分心想到軍中老士官講的猥瑣笑話和他一直嚮往，卻到退伍前都沒有勇氣造訪的神祕「軍中樂園」。

銀俊身體裡的那股無形之「氣」在亂竄，腦子裡安心的笑顏漸被沖散。他一定開始幻聽了，他聽見自己跟自己說了句閩南語「凍未條！」如果換成現代流行語，那他說的就是「Hold不住！」了。銀俊丟開毛巾，伸出一隻腳像驢那樣朝後一蹬就關上了門，身子向前一步，完全沒在抵抗的女體就被他壓上了榻榻米；他雞手鴨腳，萬般艱難地扯起寶珠濕透的上衣，喘著氣說：「濕衣服不脫……你會感冒……」

那天兩人到底有沒有成其好事已經成爲疑案，連事主都因爲當時懵懂而不敢肯定；

不過那也不重要，因爲後來兩人之間，有長達數年的關係都建立在那天的行爲基礎上，還留下一個永遠的「紀念品」——郭小美。

和寶珠不「談」不「戀」，一切付諸行動，也算一種形態的「愛」。銀俊有時候覺得他和安心談戀愛常吵架就是因爲說的太多，做的太少。可是像和寶珠那樣，見了面二話沒有，直接行動，有時也讓他感覺「怪怪的」；寶珠蹙著眉頭、咬著下唇，一聲不吭的樣子雖然更加激起他的動物性，一旦天良再現，他就覺得自己欺負了人，既慚愧又不忍心。年輕的銀俊不懂那就是憐愛，只想到如果他也像對方那樣安靜，然後完事站起來走人，「沒有禮貌」。於是兩人「一起」之後，銀俊也想出些廢話跟寶珠說：

「小蝴蝶，你愛不愛我？」他的情話是疑問句，自己並不表態，「你愛不愛我？」

銀俊自從十八歲未假思索就對安心說出「愛你」以後，這個詞在他，終生再也難對第二個女人啓齒。可是此時此刻，此情此景，好像不能不提那個關鍵字。他滑頭地調轉個方向，把責任丟給合作造愛的另一半。如此一來，不但帶到必要的動詞「愛」，搭配上他心血來潮取的昵稱，能不感覺柔情蜜意？此情此景，喊「小蝴蝶」果眞比「寶珠」更有氣氛，而且一語多關，對著身上哪裡都能喊這個好名字，他非常自得其樂：「噢，我的小蝴蝶怎麼這麼乖？太可愛了！眞希望我女朋友像你這麼聽話！」

寶珠「有耳無嘴」，不管銀俊如何胡說八道，反正聽著就是，被逼急了頂多搖頭、點頭。一生花花草草不斷，很少回頭檢討自己混亂男女關係的銀俊後來曾難得地回想過跟寶珠的這一段，不免懷疑跟女人上了床就口沒遮攔，替自己找過不少麻煩的壞習慣，其實就在還是獵豔「肉腳」時期跟寶珠一起養成的。

嘴上不把關的銀俊不只一次好奇地問寶珠，擦擦濕頭髮，就莫名其妙擦上了床的那天，是不是她的「第一次」？他的問題碰到了「寢不語」的寶珠，當然從來沒得到過答案。不過寶珠是或不是處女不太重要；不管銀俊做了什麼，心裡可從沒想過要跟安心之外的女人共組家庭。他跟寶珠不知確認過多少次，這事在他們之間是你情我願，沒有其他牽絆的：

「你不會想嫁給我吧？我這麼壞！」銀俊沒等寶珠回答，又問下一題：「我這樣對你，你會要我負責嗎？」逼問到寶珠搖頭後，說：「放心好了，雖然你不想嫁給我，我對我做的事一定會負責任的。」

銀俊對女人隨便，不等同他視婚姻爲兒戲；從十八歲牽起安心的小手，銀俊就認定了她是要與之白首偕老的女人；在擇偶這件事上，銀俊用自己的方式「從一而終」。甚至日後和安心爲了他的出軌行徑起爭執的時候，銀俊都理直氣壯，感覺安心「不知足」。可是銀俊自以爲對異性和婚姻的態度超越世俗，苦惱於所愛對他不理解，卻沒想過自己的行爲和思想都只是受到封建文化的影響，根本沒有什麼獨到的人生哲理。

從清光緒二十一年的馬關條約，到民國三十四年日本投降，日本殖民台灣凡五十年。中華民國在民國十七年明文規定國民一夫一妻，不過當時這一條在大陸本土都是一紙具文，何況國民政府還管不到的台灣。台灣官方遵行日本訂的殖民律法，民間就約定俗成，男人妻妾成群在漢人社會裡一般被看成「有辦法」，是養得起妻小、事業混得好的象徵。台灣光復以後法定不能多妻，戶口配偶欄只塡得下一個名字，可是歷史遺留下來的小老婆們怎麼辦？那就隨辦理戶政事務的刀筆師爺各顯神通了，如果住在一起，就以「寄戶」人口處理，下面註記「二房」、「三房」，或留著曖昧的空白；金屋藏之的，算自立門戶，讓同一個男人在好幾個家庭當「戶長」、「父親」，不追究「重婚」罪。銀俊在一九四五年的秋冬之際出生，算民國人，可是追溯回去一、兩代，他的同鄉前輩不但在嘉義賣米的三妻四妾，銀俊的祖父到台北賣菜發家，一樣也有兩個妻子、一個外室。爸爸郭三福雖然沒能趕上正式娶小老婆的年代，酒家和茶室裡結識的相好卻很公開，也從不避諱帶著兒子到風月場所去「學做生意」，銀俊從小耳濡目染，一個茶壺配多個茶杯的男女關係對他像呼吸一樣自然。

然而銀俊畢竟不像父輩那樣「去古未遠」，他身處的社會在進步，人的思想在改變。國民黨政府小心檢查書籍報紙，壟斷傳媒，嚴格替人民思想把關，對談情說愛的文藝作品卻網開一面，好萊塢的電影和電視片佔領市場，西風壓倒東風；「現代人」銀俊和前輩只追求「茶杯」不同了，他還要追求「愛情」。

銀俊專科三年級的時候和同年的女朋友安心一見鍾情，談起美好的初戀。兩人是俊男和美女，走在路上都引人側目。這樁美事拖了十年，到安心成了沒有行情的老小姐才開花結果的原因是，郭、安兩家不是一個池子裡的魚。

郭三福出生於昭和元年，讀過私塾，識漢文，小學校讀了三年，也會講日語。當時台灣人除了連姓名都改的皇民化家庭，一般漢人並不自認是日本人。不過認不認由不得自己，如果不是日本投降，郭三福也已經得到召集令，準備去菲律賓爲天皇而戰了。所以一開始三福很高興日本戰敗，起碼不用去南洋當炮灰。可惜台灣人很快發現從唐山過來接管的「公家」沒比日本人更好；稅更繁重，軍隊紀律差，員警欺善怕惡，對良民都索賄，心裡就涼了。過了年把，發生二二八事件，國民黨派軍隊清鄉抓共黨同謀，遭到逮捕槍斃的多半是台灣地方仕紳。幸好郭家親友只聽說有人不巧上街遇亂挨過打，倒沒有傷亡。家族中沒死人，郭氏和外省人沒有大仇，討厭免不了，沒到痛恨的地步。

日本人走後就失序的台灣社會痛苦地走上了新的軌道；城裡有積蓄的富人在舊台幣換新台幣的金融政策上吃了大虧，鄉下有田產的地主在土改政策下失去了世代累積的田地，在城市邊緣，份屬中產的郭家反而在風暴中安然度過。到了一九四九年，國民中央政府流浪到台北，受惠於市區發展，在地人財富增加。日子過得越來越好的三福夫婦和中國其他省分的本地人一樣，對語言不通、風俗有別的外來難民有著幾分因爲缺乏接觸和了解而產生的忌憚。反感不大，就沒禁止兒子銀俊和外省女人來往或通婚。阿卿說的話足以代表郭家大人態度：「是要娶回來的就沒差！」

安家爸爸卻是隨國民黨政府遷台的高級公務員，以當時的觀念那就叫「官」。安家媽媽是上海中西女中的畢業生，從祖父往上算三代都有「頂戴」，無論嫡庶都算前朝官宦人家，隨夫逃難到台灣，也還是個「官太」。安心英專畢業，在洋機關工作，她嚮往浪漫的西洋愛情，也遵守嚴格的傳統家教。安太太從小就教導女兒「女怕嫁錯郎」，一定要睜大眼睛，找個門當戶對的夫婿。安心美豔高䠷，氣質出衆，銀俊被她深深吸引，誓言非卿不娶。可是當完兵回來，心性已經「轉大人」的銀俊卻有了花花腸子，和官小姐之間「光談不練」的愛情長跑雖然甜蜜，卻也加深他的男性煩惱。聽話的「小蝴蝶」碰巧在這個節骨眼上飛到跟前，銀俊得到機會實踐「光練不談」的男女關係，就放手讓下半身去當領導。他越來越沉溺於寶珠的好，卻從來沒有想過，寶珠雖是台中來的親戚家養女，卻和台北官小姐安心一樣未婚，是他郭銀俊合格的妻子候選人。銀俊理直氣壯地實踐著「靈肉分離」的三角關係：寶珠近在咫尺，隨時見得到、常常摸得著；銀俊的週末卻都用來配合安心的作息；洋機關雙休，銀俊也就從星期六中午下班後放下一切，專心和佳人約會。

安心雖然和銀俊很相愛，卻因爲明知父母有門戶之見，一直把個交往了多年的「非名門」男友藏藏掖掖不往家裡帶，這樣難免讓自負的銀俊心中有疙瘩。熬到週末，好難得情人相聚，安心還不想著怎麼彌補男友一週的相思之苦，來點實在的。反而傷春悲秋，要小性子，談來談去，就是要人家感恩她爲了他做的種種犧牲。

「你爲我犧牲什麼呀？」兩人談戀愛談得吵起架來。銀俊提高聲音道：「你自己說你姊姊太早嫁去美國，你爸捨不得你，才不要你去，現在你說是爲我犧牲？你有男朋友的人不跟別的男人去舞會是應該的耶！噢，這也要我謝謝你？欸！我差點忘了，是你自己沒請我去的哦。會講英文就比較厲害啊？你們美新處一個晚會有什麼了不起？誰稀罕！」

約會不歡而散，安心哭哭啼啼地回了家，天天等銀俊打電話來道歉。銀俊感覺灰心，明明知道怎麼樣可以哄得回來都不想做了。雖然存心冷落，可是自己情緒也受到影響，感覺無精打采。看到來北部後更見圓潤的寶珠，穿著胸前扣子都快蹦開了的舊上衣，在身邊轉來轉去才提起一點勁。下午找藉口帶寶珠去銀行，用摩托車把人載到專供情侶親熱的咖啡座上去狠狠輕薄了一番，以解心頭對愛人的思念之苦。意猶未盡之餘，心想安心這樣刁難人，就該給點顏色，誰規定週末都要向她報到？就跟寶珠說：「禮拜天不上班我來找你。」

「禮拜要去補習。」寶珠小聲得像蚊子叫。

「補習？」銀俊還以爲自己聽錯了，「你一個禮拜才休一天，不在家裡補覺，補什麼習？」他的語氣不屑，心中其實暗暗吃驚；想這丫頭才來台北半年，平時一聲不響，讓人以爲她還摸不清東西南北，居然已經找到地方開始補習？「那你補完早點回來，你不會補到晚上吧？」

寶珠想告訴銀俊，補習時間確實是一整天，自己到台北來上班的主要目的就是爲了升學。下個月高職就要招生考試了，不能不用功。可是她只羞紅了臉點點頭，不敢答腔。

寶珠不太敢跟銀俊說話，連「不要」也不敢說。第一次見面，老老闆阿叔說她該叫銀後「阿兄」。「阿兄」在寶珠心裡權威無限；她自己三個養兄都從小欺負她：「你要敢說『不要』，我就打給你死！」

打還罷了，長大些後，他們分別都找她研究過學校只教一半的「生理衛生」。放諸今天，三個無良少年猥褻女童要以性騷擾防治法抓起來，可是半世紀前的台灣中部小鎮，居室狹小，養兄妹之間做不到男女之防，罪惡就在大人眼皮子底下進行。完全被蒙在鼓裡的養母還把寶珠九歲時聽到「阿兄」回家，就嚇得躲到神龕下去的糗事當笑話講給人家聽。

台灣跟閩南風俗相同，重男輕女，古早民間買賣女童或棄養女嬰都是尋常事，很多人家都有養女。要跟當時其他人家的「歹命」養女相較，除了養兄少年時候因為不懂事欺負過她，寶珠來到郭家還眞算是碰到了好人家；不但沒有轉賣或者逼她當童養媳，還讓她上學。不過寶珠不是郭家買來的，她自己也是好人家女兒。寶珠的親生父母姓楊，母親一連生的都是女兒，第四的寶珠讓家中老人失望無比，小名就叫「罔飼」，意思是「白養」。小罔飼出生不久碰巧雷劈豬舍，擊斃了剛出崽的母豬和小豬。算命的說是凶兆，新生兒要送給姓郭的養大，楊家才能家宅平安，未來還能一舉得男。祖母就在罔飼斷奶後，無償送給了郭姓村人。郭家之前自己已經有三個兒子，喜得一女，改名寶珠。

寶珠八歲的時候，郭家舉家搬到鎮上做小生意，漸漸和楊家失聯了。寶珠乖巧，養父母也對她很好，到了鎮上家裡事情少，國民學校的老師到家裡一說，就同意讓她去接受義務教育，後來甚至還讓她繼續上了要繳學費的初等職業學校。

初職畢業以後，寶珠表示自己想升學，可也明知養家不可能在養女身上繼續浪費寶貴資源。初職老師建議她到台北去念夜校，半工半讀。剛好銀俊家裡找出納，善良的養父母並沒有打算把她留在家裡嫁給養兄省聘金，或者當成搖錢樹嫁出去賺彩禮，看到她自己有意願出去闖，兩邊接上頭，一拍即合。視她如己出的養母臨行流著眼淚交代：到台北一定要聽阿叔家裡人的話，人家要你做什麼就做什麼；人家問你那都只是客氣，你能擔就擔，不要多話。如果講錯話惹人討厭，人家會把你趕出去睡馬路！

銀俊看寶珠總是不聲不響，也好奇過寶珠怎麼看待他們這個關係？可是問過幾次也沒問出要領，只好算了。反正從第一次起，寶珠就沒有拒絕過銀俊的任何無禮行爲，她頂多是在極不舒服的時候，用暗勁抗衡一下，可是通常不管銀俊試什麼鬼把戲，她都配合。就像那天根本還是兩個陌生人的時候，她也從頭到尾沒喊叫抵抗，或者推開顯然已經意亂情迷理智不清的少東家，以致過程中她那突如其來，充滿了痛苦的一聲悶哼，竟然成功地喚醒了本質並不屬強姦犯的銀俊。

「對不起！」銀俊馬上停了下來，有些慚愧地陪起不是。看見懷中女人緊閉雙眼，不理睬他的樣子不免心中著急；他不知道自己怎麼竟會失心瘋至此，在家裡就侵犯了第一天來公司上班的女親戚。他不曉得這下自己該惹了多大的麻煩！這女的會不會報警？或者向他父母告狀？他想先問問她的意思，卻慌得一時想不起早先在辦公室裡聽說她叫什麼來著？

「欸！」他輕輕推擠了一下讓他枕在雙峰上的陌生女郎。人家沒反應。

他抬起眼睛，看見旁邊從她身上胡亂扯下來的花布裙子，上面印著蝴蝶穿花叢的圖案，鼻尖前面又流動著像蜜一樣芬芳的少女乳香，他和安心之間互相喊的「蜜糖」頓時浮現心頭，卻不好此刻應用，他來了靈感：

「小蝴蝶，」銀俊喊著臨時謅出來的暱稱，用溫柔的聲音說：「你是我的小蝴蝶！」他的溫柔把自己也感動了，心想這手眞是高，避免了這種時候來個「請問芳名？」的尷尬。

他看見女人的睫毛扇了一下，就撐起上半身說：「睜開眼睛看看我？好不好？小蝴蝶！」寶珠聽話地睜開雙眼，看見那個有張英俊面孔的男人，正用像總是帶著笑的雙眼凝視她，輕輕喊她：「小蝴蝶。」

她想問爲什麼要叫她「小蝴蝶」？可是她不敢出聲，兩個人沒穿衣服這樣抱在一起讓她非常害羞。就趕快把眼睛閉緊了，不敢再看。

銀俊完全清醒了，呼出一口大氣，雖然他直覺對方沒有生他的氣，可是還是心中忐忑地坐起身來，毫無把握地說：「我沒把你怎樣吧？」

寶珠搖搖頭。

「我弄痛了你嗎？」銀俊問，「你生我的氣嗎？」寶珠還是搖搖頭。

「你會要我娶你嗎？」銀俊問了一個忽然就飄進他腦子裡的問題。他嚴肅地盯著雙眼緊閉的少女，直到確定她還是搖了搖頭。

銀俊幾乎完全放心了。他的耳朵忽然豎了起來，確定聽見外面有點響動，迅速地跳下通鋪，一面穿上衣服，一面說：「趕快起來！好像我媽他們回來了。」他沒等寶珠收拾停當，就自行先出房門，大聲地打著招呼迎向來人，替寶珠爭取更多的時間：「啊俉是都跑去叨位？剛才一直喚無人！買菜買那久？噢，台中那個女孩子到了，爸叫我領她過來……」

寶珠就此展開她人生中在台北的一頁，偏間的客房也充當了幾年她的香閨，不過經常要和其他女性臨時工，或者來訪的親戚、客人當室友。

「睡寶珠那間！」女主人告訴留宿的女客。寶珠倒沒有感覺太不方便，她從小到大沒有過自己的房間。反而是銀俊覺得麻煩，他要等待「境空」才能溜進去找她，他討厭家裡那些來來去去的歐巴桑，嫌她們礙事：

「眞難得今天沒人住你房間！」放假難得在家的銀俊發現新大陸，「今天連我媽都不在。禮拜天我家都這樣安靜嗎？還好你那個習補完了，考得怎麼樣？」銀俊並不需要回答。他心裡比較著空間狹小，手腳施展不開的咖啡座和像間房一樣大的炕床，快樂地歎息道：「唉，家裡眞好！」

寶珠想說：家裡這麼好，週末就留在家裡別出去嘛。可是在他們的關係裡，她只依例含羞垂頭，一言不發。銀俊忙過一陣以後終於注意到自己的女伴，開始對著寶珠嘀嘀咕咕：

「欸！你變白了，皮膚也變細了，是因爲來了台北嗎？」他壞笑著欺身過去，吃著豆腐：「還是因爲我的緣故？」銀俊摸了一手的珠圓玉潤，腦子卻忽然想到安心穿著旗袍的纖細腰身，心頭頓起漣漪。他攬過寶珠，調笑道：「眞的白了，像台北人了。不過也胖了。都怪我買冰淇淋給你，害你吃上癮，小蝴蝶成了胖蝴蝶。欸！胖蝴蝶！少吃點，我喜歡女人瘦瘦的。」可是豐潤的她在他懷裡，乖乖地隨他擺布。

「你眞的胖很多耶！屁股、肚子都大了。以後不買冰淇淋給你了。記住我喜歡瘦瘦的女人。」他警告她。可是他正享受地枕在她的豐臀上，話鋒隨心念一轉，又說：「不過胖有胖的好處，反正我就是喜歡女人！」這才是眞心話；不過要讓安心聽見，那就請他吃不完兜著走了。他感覺不回嘴的寶珠是個好聽衆，在這一刻令他愛到心痛：「小蝴蝶你眞可愛！最可愛、最聽話的就是我們小蝴蝶！」

可是銀俊卻堅決不同意女兒取名「小蝶」。那不就是小蝴蝶的意思嗎？不行！

那叫什麼名字呢？台灣小學課本上的名字不是小明就是小美；銀俊用了第一個閃進腦海裡的女孩名，說：「叫小美吧！」開玩笑！小蝴蝶是房間裡叫著玩的。他對著她身上哪裡喊的，那個傻女人難道不知道嗎？

從命名的小事就顯示，即使完全沒準備就做了父親，銀俊對後代的事情是相當嚴肅的；事實上，鬧出了「人命」以後，銀俊一夜從男孩變成了男人，他很有擔當地明告父母：絕對會對孩子負責，可是死都不娶寶珠！

郭家父母拿有主意的兒子也沒什麼辦法，只能看見就罵：「夭壽啊你！」一面找和兩邊都有交情、夠分量的家族親戚出面斡旋，就兒子撂下的原則和女方家庭進行協商。

那個時候寶珠沒有單獨和銀俊相處的機會，有話也是人家帶來帶去，彼此不直接交談，連替女兒取名都傳話。銀俊媽媽阿卿說：「我覺得小美比啥咪小蝶好。」她接過帶來給月子中寶珠餵母奶的嬰兒，抱在懷中，慈愛地逗弄起大孫女：「阮阿美尚乖，阿美！」她很高興自己做了年輕的祖母，一面心想，幸好沒叫「小蝶」，不然小名「阿蝶」，那可夠難聽的。

依照習俗，寶珠在密閉的房間中坐或躺，不能看書，說是傷眼，不能吃生冷，說是會落下婦科病。她很想吃個冰淇淋，上台北以前沒吃過，一吃就愛上了。銀俊帶她去咖啡館的情人座親熱，咖啡太苦，她喝了一口吐出來，銀俊就替她點了冰淇淋。看她喜歡，之後出去跑業務，就會帶回來兩個小美冰淇淋放她桌上。

「所以他替女兒取名小美。」寶珠甜滋滋地想。感覺確實比她想的「小蝶」好，她偷偷地樂著，她懂銀俊的意思；只能是她，連女兒都不是他的「小蝴蝶」。她本來有點擔心生的是女兒，銀俊和他們家會不喜歡，可是看起來全家都沒有不高興的樣子。她才放下心來。而且銀俊父母對自己兒子沒有好聲氣，卻沒當她是罪人，反而台中養父母生了她的氣，一直沒有北上看外孫女。可是這些都不是寶珠目前的煩惱，她最放不下的是好不容易考上的夜校，有了孩子，開學以後她還能不能去上？

「開學以後你做你去學校，」新任阿嬤阿卿掛保證，「阿美很乖很好帶，我幫你！

反正家裡事情越來越多，本來就要再多請一個歐巴桑來到相幫。」阿卿小心地問：「阿珠，我有唖講到無唖，你煩惱的就這樣嗎？」想想，覺得需要重申：「沒人怪你，這種事再想也知是女的吃虧。都怪那個夭壽的阿俊！可是你瞭解，你們身分證上是叔伯兄妹，他不能娶你。你瞭解噢？」

寶珠點點頭。阿卿鬆了一口大氣。其實寶珠的養父母可以先辦棄養，可是因爲銀俊一早表了態，溺愛兒子的父母親就沒有往能辦成的方向努力過，反而爲了替闖禍的兒子擺平，許了寶珠養家一筆「遮羞費」，應承了寶珠出嫁會爲她添妝，甚至表示如果小美一直姓郭，那養育費用和將來的嫁妝也歸銀俊負責。

這件事就像一樁童叟無欺的生意一樣地得到了雙方家長的同意。寶珠如願地留在台北工作和升學，孩子也有人幫忙照顧，銀俊多了個女兒，除了阿卿想起來罵他一句「夭壽！」生活沒有太大的改變，只是經此一役，他心裡更加堅定以後要和安心結婚，共度一生。不過寶珠還是眼前那個在他身邊的人。而且事情鬧穿了，家裡替他賠也賠了，大人對小倆口的關係採取睜隻眼閉隻眼，隨他們去。可是得了教訓的銀俊和寶珠，在一起時雙雙考慮到避孕的必要和方法。顧忌一增多，時間一拉長，銀俊早在和安心結婚之前，就已經失去了對寶珠初見時的熱情。

銀俊的婚禮和寶珠高職畢業考試碰巧在同一天，她順理成章沒能去觀禮。滿三歲的小美倒跟保姆一起去吃了她叫「咕」（舅）的父親的喜酒。寶珠早早考完交卷，離開教室後一個人在黑漆漆的校園裡痛哭到校工關大門才回去。

三福模具公司漸漸擺脫了昔日家庭企業的面貌；擴建了廠房，沿馬路蓋了四層高的寫字樓，打掉了郭家大院的圍牆，廠、辦、住分了家。寫字樓的頂樓加蓋了沒有申請執照的公寓單位當做員工宿舍。寶珠和其他三個中南部來的女孩子做了室友，四人一房，有公用的廚浴。小美住在郭家大宅，和保姆一起睡在寶珠原來的房間。

有了高職文憑的寶珠一直還是「會計小姐」。她在拿到三福模具公司十年服務獎章以後，和台中的蔡有呷經過相親結爲夫婦。有呷裝潢學徒出身，在建材行做夥計，家境清寒，拿不出聘金就耽誤了婚姻大事，三十多歲才爲了替重病的父親完成心願，由媒人仲介和比自己小五歲，帶了個九歲女兒嫁人的寶珠結爲夫婦。

寶珠的公公在兩人婚後含笑而逝。寶珠把郭家給她添妝的現金拿出來買了個小店面，讓有呷自己做老闆，然後在三年之內生了兩個兒子；兒子請算命先生依據命中五行所需，分別取名正土和正火。有呷覺得自己娶到寶珠是上輩子修來的福分，對小美也愛屋及烏，視同己出。只有寶珠的婆婆看不開，不但對寶珠爲家庭所做的一切貢獻視而不見，有時還對媳婦和拖油瓶孫女惡言相向。有呷深愛寶珠，自己母親對寶珠母女的態度看在眼裡，很不捨得，卻也無計可施。慶幸的是兩個親孫子來得快，轉移了老人的注意力，一家人的日子就也過下去了。

台灣發展十大建設，島內就業人口增加帶動產業內需，幸運地替人口稠密的小島在西元七〇年代的全球石油危機時期構築了避風港。本來銀俊的生意也算好做，可是急於擴張，調動了不少頭寸。不料接替寶珠的會計小姐和會計經理發生私情，兩人捲款私奔，害得公司週轉不靈，險些倒閉。郭三福抵押了一塊地給地下錢莊，銀俊的岳家也動用了關係向銀行高層關說，才幫被各方打落水狗抽銀根的銀俊度過危機。事後家族檢討商量，覺得非要安插個「自己人」管財務，否則銀俊忙於拓展業務，難免有照看不到的地方，這時想起了寶珠。「台北阿嬤」阿卿奉命說項，就以要小美回來就讀台北明星國中來說服寶珠鳳還巢。

有呷當時只知道台北的阿叔是妻子的老東家，小美喊得親，直接叫二老「阿公」、「阿嬤」，卻不知道她叫「咕」（舅）的銀俊就是生父。有呷是個感恩的人，一直記得當年郭家給寶珠添妝的特大紅包。而且寶珠帶著小美到台北去上班，可以避開婆媳衝突，少受多少閒氣。就鼓勵老婆受聘。

「我媽媽身體好，她喜歡帶孫，」有呷說到了重點：「你也知道，她只喜歡阿土和阿火。」

寶珠想到女兒受的委屈，考完高職畢業考後就沒有哭過的她，掉下了眼淚。

「小美這會讀冊，她台北阿嬤不是說他們那裡是最好的學區？」有呷也哽咽了，「她小小年紀就這麼懂事情，這麼乖。我媽人眞好，嘴眞壞。我不甘小美被糟蹋！」

寶珠哭出了聲。有呷媽媽脾氣不好，說話尖刻。寶珠遇過幾次婆婆抱著孫子在外面和鄰居聊天，小美放學回來打招呼：「阿嬤！」當衆立遭詈罵：「別黑白叫，誰是恁阿嬤？」

等下回小美記取教訓，不敢喊人，老太太罵得更狠：「沒規矩！不知誰人生就不知誰人教了嗎？」如果不巧站得近，就順手一巴掌揮過去。

寶珠想到自己是養女，養父母都沒那樣待她，心裡就鬆動了，問：「恁媽會讓我去台北吃頭路嗎？」

有呷撇著嘴道：「只要跟她說，你去有錢賺，屋內減兩個人吃飯，你覺得呢？」兩夫妻相視抿嘴偷笑，寶珠嬌嗔地在丈夫臂膀上輕推一記，有呷懂那是說「你壞！」心裡癢癢的，已經捨不得老婆去台北了。

郭家這樣禮聘，寶珠回到三福公司，頭銜卻還是「會計小姐」，不過到底當她母女是親人，薪水雖然是行情價，卻多了一條供吃住的福利，把銀俊結婚以後搬出去，家裡空下來的房間給兩母女住，天天一家人一樣同桌吃飯。公司裡連經理都知道寶珠的身分不同，對她客氣三分。寶珠也盡心盡力，公私不分，同事們出去湊份子吃飯私人掏錢，她都要商店開公家發票充當公司買的單，用以核銷銀俊一些亂七八糟上不了檯面，無法正常報銷的開支。

有了寶珠當帳房，銀俊不再擔心後院起火，他對她固然早就沒有男女之情，可是畢竟有過肌膚之親，還有個共同的孩子，哪怕寶珠已經被「放出去」嫁人，有了那點過去，銀俊就像手中握了人家的賣身契，感覺這才是「自己人」，能委以信任。銀俊想：難怪有幾位世伯把公司裡的秘書、會計，或出納小姐什麼的都「收」了；原來這樣才能放心！生意人不容易呀。

只有那個讓他又愛又恨的傻老婆安心不懂事，完全不體諒丈夫在婚姻之外發展男女關係的必要性，常常為了陪她的時間太少這種小事找他吵架。銀俊看起來大剌剌地好像永遠是一家之主，其實心裡暗暗怕著得理就不饒的老婆。有時候和酒友開玩笑，也會自嘲「家裡那個外省婆就是不夠溫柔」。他覺得心裡從來沒有少愛過安心，跟別的女人在一起，哪怕生了孩子，他還是讓安心「穩坐大位」就是明證。可惜安心就是不領情，夫妻關係逐漸疏離，有時鬧得他都不想回家了。

寶珠母女搬到台北才幾個月，郭家就有人說漏嘴，洩露了隱瞞十幾年的祕密。安心發現銀俊在結婚前就不忠，懷疑小美是和會計小姐的私生女，打電話到公司去質問寶珠，再向銀俊證實後，在家又哭又鬧了幾個禮拜，竟然氣到流產。

寶珠聽說了過意不去，就去找銀俊辭職。銀俊兩眼一瞪：「我還不夠煩嗎？你不要給我在這裡來亂！」他沒好氣地說：「別理我老婆，我跟你那是多久以前的事？還找我吵！別理她！再打來你就轉給我。」

「是我對不起她，」寶珠難得地堅持，低下頭小小聲地說：「當初我不該介入你們之間。」

「什麼介入？你根本什麼都……」銀俊不屑地笑起來，可是站在他桌前怯生生的徐娘會計，卻讓他忽然記起和自己偷嘗禁果的十八歲害羞少女，心裡動了一下。臉上的笑意漸濃，他從座位上站起，走過去伸手輕抬人妻下巴，說：「你那個害羞的樣子……」

沒有閃避的寶珠雙眼一閉，兩顆淚珠流下了她的臉龐。銀俊薄弱的色心立刻被澆熄，哪怕他不在乎人家有沒有老公，可是寶珠現在替他管著錢包，比任何女人都不能得罪，連忙撤手，誠懇地說：「對不起，對不起！寶珠，以後一定不會不禮貌。我眞的需要你，公司需要你。小美剛進金華讀得這麼好，你爲了我，爲了公司，爲了女兒，都不能辭職。」

寶珠輕易地被說服了，她聽到銀俊說需要她，她只不太確定銀俊有沒有喊「小蝴蝶」？她沒有想到銀俊因爲商場應酬頻繁，十幾年經歷了許多花花草草，喊過多少女人各種花名，已經完全忘記了自己曾經在情濃時頻頻呼喚過一個少女「小蝴蝶」。

*

「爲什麼嘛？媽，你少裝沒聽見。」小美遺傳了父系的堅持，「我問你爲什麼沒有替我取名『郭小蝶』？我覺得比小美好多了。」

「你不是說不喜歡『小』這字？」寶珠反擊。她已不是當年那個三棒子打不出一句話的鄉下少女。她幫郭家管了一輩子的錢，雖然沒有頭銜，銀俊生意規模擴大以後，內帳都要她過目蓋章才算數，別說公司裡的財務長，連外面交關的銀行都知道三福公司裡有這麼一位神祕無聲的大帳房。

小美爲了避開單行道，彎進巷弄裡穿梭，寶珠正感覺周遭看來眼生，小美卻繞到了松江路上，寶珠脫口而出道：「怎麼出來就到你『咕』公司？」

小美抽空瞥了媽媽一眼，說：「他公司搬到內湖好幾年了。怎麼你又忘了？」

寶珠有點不好意思地解釋道：「在這裡上班幾十年，新的地方我又沒去過。你上次不是說他要去大陸設廠？」

小美說：「去了都多久了？報上都登了。自從他要我去他公司幫他做我說不要，他就懶得理我了。」她沒講的是，父女大吵一架，已經很久不講話了。

「吧咕，」小美喊銀俊兩個弟弟「大舅」、「小舅」，卻一直以和閩南話「舅」諧音的昵稱喊生父；那是她牙牙學語時阿卿教的，短促的童音有點介於「爸爸」和「舅舅」之間，這也就糊裡糊塗地叫了四十年了。「我媽幫你做了一輩子，你什麼位子都沒有給她——她的退休金是她應該得的，虧她還謝你！——是，我的公司小，不到十個人，沒賺多少錢，我也是老闆。你不要以爲我會像我媽那麼傻！——你讓我進董事會你老婆、兒子會同意嗎？」

銀俊和安心生了兩個兒子，外面庶出的可能還有。可是銀俊覺得眾多子女中，小美的脾氣最像自己，書也讀得最好。小美大學畢業以後，銀俊已經是大老闆了，主動提出要資助女兒出國深造，小美跟媽媽說：「我不要他的錢，也不要他幫忙。」她嫁了一個銀俊沒有哪隻眼睛看得上的小公務員，可是小美很滿意：「他只愛我一個。而且他的收入穩定，我可以放手去闖！」

小美在外商公司裡做了幾年，豐富了人脈，穩定了客戶和貨源，就自行創業。丈夫盡心照顧家庭，她生完孩子就撒手，完全沒有後顧之憂。小小貿易公司做得一帆風順，從第一年就賺錢。銀俊看女兒做生意這樣出色，覺得是有乃父之風，除了擇偶的眼光太差勁，他對小美的工作能力很激賞，從嫡出兒子還小的時候就幾番延攬小美進公司，沒想到女兒卻不買帳，還連連搶白，越說越難聽，算是銀俊難得在女性前面吃鱉的時候。他又好氣又好笑，說：「你這算是替你媽媽出氣嗎？我哪天要問問她，她是覺得我對她哪裡不好，在你面前罵我還是怎樣，讓你這麼不想幫我？」

寶珠埋怨小美道：「你阿嬤生前跟我說過多少次『咕』要你去公司幫他，我說我哪裡管得了你？」她的聲音裡帶起一點笑意：「你阿嬤一直說孫子輩裡你最像你『咕』。」

「誰像他？實在應該聽老爸的改姓蔡！」小美沒好氣地說。人和人眞的有緣分一說，小美從小和繼父感情特別好。沒有血緣的有呷以無私的父愛站穩了小美心裡那個至親的位子，是銀俊用名利買不走的。

實際上小美和繼父並沒有住在一起多久；寶珠和丈夫結婚五年不到就長期分居，只有年節「作夥」。不天天住在一起，說話尖酸刻薄的有呷媽媽對厭惡的兩母女鞭長莫及，完全發揮不出應有的破壞力；寶珠和丈夫這段遠距離婚姻維繫得很好。寶珠一直在銀俊的公司做到五十五歲退休。

「退休以後就罕得來台北了。四處走，都在國外參加旅行團，」寶珠有些遺憾，「連你台北阿嬤出山我都在國外沒趕回來。」

「沒去也好。」小美說。她覺得媽媽對郭家實在太一廂情願。她自己倒是悲悲戚戚地去參加了親祖母的葬禮；可是葬禮是安心操辦的，她郭小美完全被排除在外當路人，連孝也沒讓戴。小美只不高興了幾分鐘就釋懷了。雖然姓著一樣的姓，她連銀俊自己的「家」在哪都不知道，她究竟算是郭家的什麼人呢？登錄在她身分證上台中的父母家，那才是她的娘家。

「不然你帶我去祭拜一下也好──噢，你不知台北阿嬤在哪哦……」寶珠念起舊情，「不然你打電話問你『咕』？那你現在就打！我昨暝睡你家睡不好，不知是想到還是夢到你台北阿嬤和你『咕』一起，我覺得怪怪……」

「媽──」小美生氣了，「我會問好地方，下次帶你去拜，可是不要逼我找藉口打電話給他好不好？他眞的沒有你想的那麼看重我！我自己做得很好，我跟他講，我是寧爲雞首，反正不會去他公司。他沒有很客氣耶，他說他公司以後變成鴻海那麼大，就看我怎麼後悔！你幫了他一輩子，他還要我去幫他的兒子？休想啦！」

「那也是你弟弟……」寶珠小聲抗議。

「只有正土和正火是我弟弟！」小美有點不耐煩地說，「是不是女人到六十歲都不會忘記初戀呢？還好我只有過一個男人，我老公也只有我，如果他有別的女人，不用多說，馬上掰掰！媽你怎麼到現在還這樣？我懷疑你到現在都還愛我『咕』，不對，是迷戀，像粉絲那種。你怎麼那麼傻？他自以爲是大衆情人，外面多少女人？粉絲一大堆，早把你忘記了！還好你沒嫁他，嫁老爸你現在退休才有老伴陪你到處去玩！阿公、阿嬤過身了，郭家也沒人要跟我們作一家夥了，拜託你別再想別人，專心對我老爸好嗎？」

「聽你講成這樣！我跟你老爸是夫妻，我哪有想什麼別人！」寶珠惱羞成怒。

小美的氣也沒發完，接著說：「你怎麼不想『咕』是先跟你好的耶，可是他不管你們都有了我，還去娶別人，這種人——」

「一直亂亂講！」寶珠打斷女兒；憋了一肚子對女兒說不出口的話：你曉得什麼大人的恩怨？你爸媽就是像電視劇演的那種相見恨晚，第三者是你母，你爸是情非得已呀！不管是年輕時不能抗拒你媽的魅力，讓他背叛了多年女友，還是命運讓情侶成爲「堂兄妹」！她歎息道：「你『咕』不是不負責任，是有原因我們才來拆分開……」

「人家說被騙還幫人數鈔票就是你這種！」小美口不擇言起來還眞像銀俊，「我長大了還願意跟郭家來往，只是因爲阿嬤對我們很好。是我自己的生父我也不想他這麼壞，可是，媽，你被他欺負、被他利用了一輩子怎麼不醒醒呢？你幫他賣命一世人不夠，現在還叫我去幫他兒子！隨便你怎麼說，反正我覺得他對不起你！」小美把收音機音量調高，表示不想討論下去了。

剛去世的台語歌王幾個同父異母的兒子都遺傳了父親的音樂細胞，在父親身後聯合舉辦追思音樂會，正在電台上密集宣傳：「……下面就請各位聽這首〈蝶戀花〉——」

紅紅花蕊當清香　春天百花叢
青翠花蕊定定紅　不驚野峰弄
心愛哥哥你一人　花美永遠同
阮是忍耐風雨凍　歡迎你一人

音樂忽然停止，原來手機通了。小美新買的賓士車有藍牙裝置，方向盤上按個鍵就接上電話：「喂？」是銀俊公司助理打來的：大老闆昨日凌晨腦溢血，送醫搶救不治，昨天下午去世。家屬要他通知小美去開會。電話一斷，音樂自動再度響起，

小美受驚於突如其來的死訊，一時不及為那個許久沒在自己生活裡出現，卻剛才還在向母親怨懟的生父傷心，慌亂詫異地道：「怎麼可能？——幹嘛教我去開什麼會？——怎麼可能？前兩年見到還好好的！——媽！媽！你聽見沒？」

寶珠卻像完全沒旁聽見提電話的內容，皺著眉頭說：「莫吵啦！——剛才怎麼停了？我尚歡喜這條歌——」她輕輕隨著收音機裡唱到的最後一句哼起來：「……蝶戀花栽相等待，年久仍原在」。

二〇一二年八月十七日定稿

印刻文學 345

INK PUBLISHING

紅柳娃

作　　者	蔣曉雲
總 編 輯	初安民
責任編輯	施淑清
美術編輯	黃昶憲　林麗華
校　　對	施淑清　蔣曉雲

發 行 人	張書銘
出　　版	INK 印刻文學生活雜誌出版有限公司 新北市中和區中正路800號13樓之3 電話：02-22281626 傳眞：02-22281598 e-mail：ink.book@msa.hinet.net
網　　址	舒讀網http：//www.sudu.cc

法律顧問	漢廷法律事務所 劉大正律師
總 代 理	成陽出版股份有限公司 電話：03-3589000（代表號） 傳眞：03-3556521
郵政劃撥	19000691 成陽出版股份有限公司
印　　刷	海王印刷事業股份有限公司

港澳總經銷	泛華發行代理有限公司
地　　址	香港筲箕灣東旺道3號星島新聞集團大廈3樓
電　　話	(852) 2798 2220
傳　　眞	(852) 2796 5471
網　　址	www.gccd.com.hk

出版日期	2013年 1月　初版
ISBN	978-986-5933-49-4

定　價　240元

國家圖書館出版品預行編目資料

紅柳娃：民國素人誌, 第二卷
／蔣曉雲 著；
--初版, --新北市中和區：INK印刻文學，
2013. 01　面；　公分.（文學叢書；345）
ISBN　978-986-5933-49-4（平裝）
857.63　　101021216